U0045739
戰鬥員派遣中！
7
COMBATANTS WILL BE DISPATCHED!
「所以，我現在要去燒誰？」
彼列
BELIAL
如月最高幹部之一，
人稱「業火之彼列」。
順利從看起來像廉價扮裝
AV女優的幹部服畢業了。
本集的女主角
ROKUGOU'S VIEW
用皮帶強調胸口是什麼意思？
為什麼馬上又風騷起來了？

「喂，六號，
這個跟阿斯塔蒂大人和莉莉絲大人合照，
感覺怯生生的美女是誰啊？」

「妳在說什麼啊，
這是接受改造手術前的彼列大人啊。」
昔日的三人

「喝啊啊啊啊——！」
破頭族小妹
KACHIWARICHAN

蘿絲
ROSE
「怎樣，要打是嗎？好啊，現在就來做個了斷！」
戰鬥員六號
SENTOUIN ROKUGOU
感情好到會吵架……？
ROKUGOU'S VIEW
喂，不要吵架！
妳們年齡相仿，給我好好相處！

戰鬥員十號
SENTOUIN JUUGOU
弗利茲
FRITZ
「關於這次狀況，我向兩位謝罪，
也希望能與貴組織維持
以往的關係。」

ROKUGOU'S VIEW
振作點啊，愛麗絲。
要是弗利茲發現我們狀態有異，
回頭查看，事情就穿幫了。
如月
愛麗絲
KISARAGI ALICE
這位就是戰鬥員十號

CONTENTS

COMBATANTS WILL BE DISPATCHED!

戰鬥員

暁なつめ
NATSUME AKATSUKI

ILLUSTRATION
カカオ・ランタン
KAKAO LANTHANUM

Kadokawa Fantastic Novels

序章

愛麗絲在我房間裡隨意物色，抽出一本相簿看了之後問道：

「喂，六號，這個跟阿斯塔蒂大人和莉莉絲大人合照，感覺怯生生的美女是誰啊？我的資料庫裡面找不到這個人耶。」

我心想「她在說誰啊」並往照片一看，只見有個縮著身子笑容靦腆的美女站在莉莉絲與阿斯塔蒂中間。

我剛加入如月時，有一次阿斯塔蒂跟莉莉絲吵架，是由這位美女出面調停。這張照片就是拍來當作和好的證據。

對自己的身高有些自卑，總是駝背縮著身子的人就是——

「妳在說什麼啊，這是接受改造手術前的彼列大人啊。」

聽我隨口這麼一說，愛麗絲又看了照片一眼。

「……你說這個清純可愛的黑髮美人，是那個一頭紅髮的彼列大人？」

照片裡的彼列穿著成熟穩重的白色和服。

順帶一提，阿斯塔蒂穿的是類似ＯＬ的套裝，莉莉絲則是學生制服。

阿斯塔蒂臉上寫滿不悅，而莉莉絲一臉嚴肅地站直身子，臉上也沒有笑容。

「對啊，還沒接受改造手術的彼列大人是如月最有常識的人。溫柔體貼，清純可愛，個性嬌羞又性感無比，我一逮到機會就會調戲她。」

「你居然對這麼乖巧的上司性騷擾啊。」

愛麗絲傻眼地這麼說，我的思緒也回到當時的彼列身上。

「那時候的彼列大人不但精通武藝，聰明伶俐，身材也超級性感，是個大美人，但就是對自己沒自信。我是想告訴她『妳真的很有魅力』，出於好意才對她性騷擾。」

「性騷擾哪有什麼狗屁好意啊，完全就是惡行啊。」

那個人可能是因為對自己太沒自信，完全不認為異性會對她抱持好感，在各方面都充滿破綻。

我是為了規勸這一點，才狠下心對她性騷擾。

但現在回想起來，那個人不知是故意在我面前毫不設防，還是對我充滿期待，從來沒有表現出厭煩的樣子。

「不過，是發生什麼事才會造就如今的彼列大人啊？手術是莉莉絲大人負責的吧？」

她沒有從莉莉絲那邊聽說過嗎？

「沒錯，改造手術是莉莉絲大人負責的……欸，妳知道彼列大人為什麼是如月的最強戰力嗎？」

「因為她的噴火能力很強吧？才會冠上『業火』這個名號。而且，聽說彼列大人的全身改造率也是如月之冠。」

如月一直在做關於對腦部進行改造手術，獲得類似超能力的力量這項研究，而彼列的最大武器是透過腦部手術得到的噴火能力。

當莉莉絲告訴彼列「把腦容量分給超能力越多，就能得到越強的力量」後，彼列便決定要追求力量，沒有一絲猶豫。

於是，莉莉絲在不會影響記憶、人格和日常生活的前提下，進行了最大限度的改造。結果……

「莉莉絲大人在改造手術過程中出了差錯。根據研究員調查的結果，分給噴火能力的腦容量設定似乎超過了上限。」

「那傢伙在搞什麼啊。」

當時阿斯塔蒂、那些怪人和戰鬥員本來想對莉莉絲處以極刑，我真的費了好大一番工夫安撫他們。

「但莉莉絲大人堅稱自己有確實掌控在限度之內，是某人擅自更動設定。見她毫無反省之意，大家的怒氣值快破錶的時候，彼列大人說『這樣就好』，不對，是『這樣才好』。」

「就是彼列大人太過縱容，莉莉絲大人才會變成這副德性吧？」

這本該是極為嚴重的重大事故，但當事人都說沒關係了，所以現在除了負責手術的莉莉絲之外，已經無人在意這件事。只是……

「莉莉絲大人可能還是有點自責吧，如今依舊會各方嘗試，試圖找回彼列大人的記憶。比如長期讓彼列大人觀看過去的私密影片，結果被討厭；或是提出『頭部受到強烈衝擊或許可以治癒』這種想法，反倒是她的頭受到了強烈衝擊。」

「那傢伙根本不想治好彼列大人吧。只是對你來說，這應該是天大的災難。雖然不清楚當時的狀況，現在的彼列大人是個橫衝直撞，令人搞不懂要做什麼的人。從這張照片來看，感覺是你喜歡的那種清純美女呢，真是可惜。」

愛麗絲看著照片，語帶調侃地這麼說。

性格怯弱但溫柔體貼，明明對色色的事有點好奇，卻隱藏色心表現得楚楚可憐——這樣的彼列我的確很喜歡……

——但意想不到的是，我也不討厭現在這樣蠻橫不講理的彼列。

第一章

柊木來襲

1

我們和祕密結社如月的山寨集團——執法機關柊木達成了表面上的和解，托利斯王國也將其改名為「執法機關柊木‧托利斯領地」。

對我們來說，看似是忽然現身的一群人搶走了托利斯，實際上我們卻瞞著那群人挖出一條隧道，連通托利斯首都和基地小鎮地底，每天都在盜採大量的水精石。

因為不知道盜採行為哪天會被發現，就算水精石的價格會變低也無所謂，我們還是一開採就隨即賣出。

那群人對水精石資源充沛一事感到疑惑，但在價格穩定之前，他們似乎沒打算介入挖採工程。

托利斯原本就是不必為資金所苦的富裕之國，應該願意讓勞工休息，並靜觀價格變動。

但這樣就會推遲他們發現的時機，完全正中我們的下懷。

換句話說，現階段沒什麼大問題，侵略當地的活動也進行得很順利……

——和煦的陽光從窗外灑入室內，可以依稀聽見杜瑟在文件上書寫的聲音，以及在她腳下縮成一團熟睡的蘿絲的鼻息聲。

杜瑟的辦公室已經完全變成我們的聚集處，房內的氣氛十分祥和。這時，在輪椅上打瞌睡的格琳不經意地說了一句：

「真是和平……」

聽到格琳的低語，書寫聲頓時停了下來。

「是呀，這樣各位戰鬥員也不會身陷危機。和平的日子真的很棒吧……！」

杜瑟這麼說，睡眼惺忪的格琳就笑了笑。

「哎呀哎呀……這丫頭又說出這種乖寶寶言論了。妳到底把邪惡幹部的自覺放到哪裡去了……？戰鬥員的工作就是戰鬥，怎麼能樂見和平呢？」

「啊！說、說得也是，我不該盼望和平。那個……破頭族似乎在森林撞見了從未見過的魔獸種類。我會先去森林調查魔獸的蹤跡，視情況也會戰鬥……」

「不對吧，妳是幹部，幹嘛特地出外調查啊！妳應該學學以前葛瑞斯王國參謀對我和蘿絲做過的事，把我們送到戰火交鋒處，或是下達莫名其妙的命令為難部下啊，這才是妳的工作吧！」

見杜瑟還在裝糊塗，格琳難得說出了正確的言論。

「對部下下達莫名其妙的命令……」

被部下為難的杜瑟忽然看向我，似乎想到了什麼。

「從剛才就一直閒閒沒事做的六號，可以來幫我整理資料嗎？」

「我看起來很閒，其實忙得要命。而且，雖然我支持妳變成邪惡女幹部，但不可以把自己的工作推給別人喔。」

「對、對不起！是啊，確實不行！」

「不對吧，放棄得太快了啦！妳瞧瞧這個男人，不管怎麼看都超閒的吧！隊長，你從剛才就在做什麼啊！」

看到杜瑟準備回去工作，格琳氣得大聲嚷嚷。

我把手上的放大鏡拿給她看，指著放在盤子裡的藍色礦石說：

「將水精石加熱就會慢慢融化耶。我覺得很有趣，一直在觀察。」

「果然閒到不行嘛！既然有閒工夫做那種事，還不快去古爾涅德一趟！」

——有個國家名為「古爾涅德」。

在前魔族領地深處有座名為「米德加爾斯」的山脈，古爾涅德就是將這座山脈奉為聖地的國家。

那個國家在米德加爾斯山腳下，自古流傳龍族信仰，現在的居民也深信古代神龍會守護自己的安全。

然後……

「……古爾涅德這個國家的魔導石被神祕魔獸搶走，處境應該很艱難吧？我覺得去擾亂這種地方不太妥當。」

他們的國寶魔導石遭人盜竊，如今亂成一團。

「……欸，隊長，你也該承認了吧？其實你已經知道搶走魔導石的犯人是誰了吧？」

格琳傻眼地這麼說，可是我一旦承認，這件事就會上升成外交問題。

雖然原本就打算未來要侵略古爾涅德這個國家，但最近才跟仿冒我們組織的盜版集團達成和解，還是盡可能不要樹敵才好。

畢竟此時此刻，我們也在擅自開採那群人最重視的資源。盜採這件事遲早會曝光，到時候連和解都難了。

「等等，格琳，妳好像無論如何都想將嫌疑扣在虎男先生頭上，但現在又還沒確定。」

「用雙腳步行，會喵喵叫，強得可以奪走國寶的魔獸，還會有其他可能嗎？」

這件事讓人難以反駁，不過現在放棄比賽就結束了。

「既然是會搶走國寶的貓科魔獸，那我知道啊。前陣子交戰過的那群人不是有養一隻大貓嗎？」

「我說了是用雙腳步行的魔獸吧！摀住耳朵也沒用！看著我！」

格琳不停搖晃我的肩膀，我摀住耳朵進行抵抗。這時有個東西開始蠕動。

「討厭，格琳妳在大聲什麼啦……？現在是中午耶，安安靜靜睡覺好嗎～～……」

原本在杜瑟腳下熟睡的蘿絲揉著惺忪睡眼，撐起身子。

「夜行性的我都努力醒著了，妳為什麼還在睡啊！……是說蘿絲，妳最近是不是越來越像狗了？」

格琳有些傻眼地說，蘿絲就氣得立刻跳起來。

「居然說我像狗，就算是妳也不可饒恕！妳才是吧，最近越來越像曬著太陽睡午覺的老太婆了！」

「天啊天啊，這孩子竟然對我大放厥詞。好啊，我就在妳身上施展最恐怖的詛咒，就像當時詛咒托利斯全國那樣！」

「兩、兩位都冷靜點好嗎……」

兩人轉眼間就進入戰鬥模式，被夾在中間的杜瑟淚眼汪汪地看著我。

我看都沒看一眼，繼續用放大鏡照著石頭說：

「真是和平啊……」

「一點都不和平呀，六號先生，拜託你也阻止一下好嗎！」

如今，祕密結社如月的當地分部正在享受短暫的和平時光——

2

由於杜瑟的辦公室變得慘不忍睹，我決定在鬧劇收場前到基地小鎮打發時間，結果卻見到令人吃驚的場面。

「雪諾小姐，非常感謝您！真的幫了我一個大忙！」

「嗯，遇到麻煩可以隨時告訴我。那我先告辭了。」

戴著工地現場用的安全帽，從挖土機走下來的雪諾，似乎被魔族感謝了。

……那傢伙明明是當地人，為什麼會開重型機械啊？

「喂，妳在幹嘛？擅動重型機械很危險耶。」

「你在說什麼啊，我可是有挖土機執照呢。」

說完，雪諾就把證照拿給我看。我忍不住開口：

「妳是當地人，為什麼會有執照啦！」

「是愛麗絲發給我的。我跟那傢伙上課，還進行了術科考試，得到她的認可後當天就發給我了呢。順帶一提，除了執照之外，我還考取了各式各樣的證照。畢竟執照和證照拿得越多，薪水就會上漲嘛！」

真不敢相信，這傢伙秀給我看的合格執照居然比我還多。

……也對，這個貧民窟出身的女人一直都很拚命，光靠實力就能爬上騎士隊長的寶座。

「……妳不是對重回騎士崗位這件事很開心嗎？為什麼還在這裡工作？」

沒錯，雪諾先前的作戰行動受到認可，已經找回以前的地位才對……

「緹莉絲殿下說，我在如月打工可以增進友誼，又可以學到如月的高度技術，所以要我像過去那樣繼續幫忙。拜此所賜，我在國家和如月都能拿到薪水，得到了如此夢幻的勞動環境。」

「喂，太狡猾了吧，什麼意思啊！居然一個人拿兩份薪水！」

學習如月的技術，不就跟間諜活動沒兩樣嗎？

這傢伙當間諜，還可以爽領兩份薪水……！

「嗯，身為如月的間諜，又被我國僱為騎士，跟你之前的狀況很類似呢。」

「對了，愛麗絲去哪兒了？我要找她談談虎男先生的事。」

「喂，別想直接轉移話題。」

嘴上雖這麼說，雪諾還是微微點頭道：

「愛麗絲在那附近教育那些前魔王軍幹部……我看還是別解釋了，直接帶你去看比較快。平時冷靜聰慧的愛麗絲，唯獨今天特別奇怪。你也去說她幾句吧。」

雪諾含糊其詞地指向某棟建築物。

——這裡是為了魔族孩童建設的學校設施。

結合了一般的學校教育，同時對孩童灌輸如月這個組織是何等美妙的團體，一步步將他們培養成聽話勞動者的洗腦……不，教育機關。

在這裡，我們採取這個世界獨特的教育方式。除了地球人都會學的讀寫和算術常識，還會教導祕密結社如月的成立歷史和輝煌戰績、危險魔獸的種類與應對方法，以及採集後可以高價賣出的資源與植物。

可能今天是假日的關係，建築物裡見不到孩童的身影，卻傳來幾個熟悉的聲音。

「到底為什麼會變成這樣啊！到中間為止還聽得懂吧！」

「妳、妳問我我問誰啊！誰教愛麗絲忽然開始胡言亂語！」

「海涅說得沒錯！我中途還聽得懂，但突然就跟不上了！」

我往聲音傳來的教室一看，只見站在講台上的愛麗絲正在跟海涅與羅素爭辯。

愛麗絲發現我在窗外偷看後，招招手要我進去。

「六號，你來得正好，我要對你這個資深戰鬥員提問。假設你接獲命令，要率領五十個戰鬥員攻下敵方據點，攻陷所需時間約為兩週，你會準備多少物資？」

……算術問題嗎？

她應該不接受「我三天就能打下來」這種歪理吧。

「若考慮到天候不佳導致行軍拖延的可能性，以及敵方比預想中還要頑強抵抗的狀況，五十人份的糧食和彈藥，我應該會準備三週的分量吧……喂，妳幹嘛摸我的頭？」

「因為你平常雖然沒在用腦，一談到戰鬥，腦筋就動得很快呀。」

我可以把這句話當作是在損我吧？

愛麗絲摸摸我的頭表示讚美，繼續對海涅提問：

「海涅，假設妳得到五十隻半獸人士兵，接獲命令要率領這個軍隊攻下柊木的據點，攻陷所需時間為一週……那妳要準備多少物資？」

愛麗絲這個問題跟剛才出給我的那題相當類似。結果……

「我會準備五十個橡實，獎勵成功攻陷據點的半獸人士兵。」

「好，從今以後，我就認定妳是比六號還蠢的白痴。」

「為什麼啦！我說了什麼奇怪的話嗎！」

我該吐槽愛麗絲別把我當成蠢蛋標準，還是該吐槽海涅？

這時，羅素信心滿滿地對驚慌失措的海涅說：

「海涅，應該是這樣啦。獎勵的橡實不必當場分送，回去再給也可以，這樣就可以空著手行軍了。」

「好，從今以後你也是白痴的一分子了。跟蘿絲一起寫算術題吧。」

「等一下！我會算數，跟那個同族不一樣！我好歹也是幹部耶！」

看到羅素跟著慌張起來，愛麗絲露出傻眼的表情。

「就因為你們曾經是魔王軍幹部，我才要像這樣教育你們。如月的戰鬥員全是些自我中心的人，沒幾個有能力率領軍隊。如果你們具備率領軍隊的本領，我會減少你們在發電廠的工作，所以認真學吧。」

「我、我們很認真學啊！」

「對啊，愛麗絲，妳從剛才就怪怪的！有問題就直說嘛！」

我覺得這兩個在如月算是相對正常的人了，只是……

「……我會把你們的錯誤一一指出來，先來估算符合人數和作戰日程的糧食吧。還有，給我把橡實忘得一乾二淨。」

聽愛麗絲這麼說，海涅露出苦惱的表情。

「五十隻半獸人士兵要準備多少糧食啊？他們有多少就吃多少耶。」

「半獸人可以把好幾天份的食物吃進肚子裡儲存起來，何必特地帶糧食增加負重呢？這樣不會影響行軍速度嗎？」

羅素跟海涅開始討論起來。聞言，愛麗絲頓時愣在原地。

「等等，你剛才說的話我可不能置若罔聞啊。他們只要吃飽喝足，就可以在無補給的狀態下活動一個月嗎？」

「吃進大量食物儲存的代價，就是行動會變得遲緩。野生半獸人會在秋天大量進食囤積，在糧食短缺的冬天窩進巢穴裡。可是冬天魔獸也會肚子餓，有很多半獸人會被魔獸挖開巢穴吃掉。」

真不愧是魔獸橫行的殘酷世界，難怪半獸人願意在人類的農場工作。

原來如此，終於明白他們為什麼會跟愛麗絲雞同鴨講了。

看海涅跟羅素的表情，好像也發現愛麗絲誤會了。

「魔王軍的土地幾乎都是沙漠，時常受糧食短缺所苦，所以侵略期間的糧食基本上都是從當地找來的……嗯，果然還是帶獎勵的橡實就夠了吧？」

「你們的糧食問題和生態關我屁事，小心我拿橡實丟你們喔，混帳東西。」

羅素被愛麗絲的威脅嚇得半死。這時我忽然想起某件事。

「不過，你們還是魔王軍的時候，是不是沒有正式率領過補給部隊啊？我們第一次遇見海涅的時候，就是因為我們攻擊了補給部隊吧？」

沒錯，當時我們襲擊了補給部隊，海涅才會強攻過來……

「那些是哥布林兵的糧食。畢竟哥布林不像半獸人可以大量進食囤積，也不像食人魔只會吃自己打倒的敵人，他們什麼都吃，只要肚子餓了就會分食……」

「我不想再聽下去了！以後我沒辦法正視基地小鎮那些哥布林了啦！」

繼半獸人農場後，又聽到一個不想知道的魔族小知識。

「欸，愛麗絲，還要上課嗎？我是魔王軍幹部，已經率兵打仗無數次了，不會有問題啦……所以是不是該去迎接那個人了？」

羅素裝出乍看之下泰然自若的樣子，看著另一個方向說道……

「那個人是誰啊？基地小鎮現在正值開拓興盛期，人力超級短缺，沒空做無謂的事。」

「妳還問我是誰，那個人就是那個人啊！雖然一直喵喵叫很煩人又噁心，但我們應該少不了他吧？他是這裡最強的人吧？」

「那個人」指的當然就是虎男。然而羅素被他強迫穿上女裝，偷看裙底風光，當成抱枕任他玩弄，受盡各種折磨，所以羅素才不想說出他的名字吧。

「連你都認定虎男先生就是盜取古爾涅德國寶的犯人嗎？沒有證據就妄下定論不太好喔。」

「除了那個人以外，還有別人會做這種事嗎！」

羅素不知為何激動地拚命爭辯，愛麗絲將手放上他的頭，似乎想讓他冷靜下來。

「我說羅素，現階段我們只知道古爾涅德這個國家的魔導石被貓型魔獸搶走，陷入混亂……我換個話題，直到前陣子都在跟我們對戰的某個機關就養了一隻巨大貓型魔獸呢。」

羅素聽出了愛麗絲的言下之意，用不可置信的眼神看著她。

「……妳、妳該不會要栽贓給柊木那群人吧？」

「別說得這麼難聽嘛。現在就只有我們跟柊木在飼養貓型魔獸，而且也不能斷定虎男就是犯人呀。虎男是我的夥伴，我只能相信他了。對吧，六號？」

「是啊，我也相信虎男先生，重視夥伴是如月的第一準則。欸，羅素，你什麼時候變得這麼不相信人了？」

聽了我跟愛麗絲說的話，羅素一臉驚愕。

「等、等一下！為什麼把我說得像壞人一樣！呃，我也很重視夥伴啊！但不管怎麼想，動機和狀況都……」

愛麗絲摸摸羅素的頭說：

「做壞事的時候啊，要等對方拿出決定性的證據再決勝負，現階段還不必這麼慌張。對吧，六號？」

「是啊，這種時候就該猛挑證據的缺失，故意惱羞成怒，營造出我們才是被害者的立場。要看準對方膽怯的時機，用『不幸的意外』來解決這件事。」

「所、所以我才討厭人類……！」

羅素將愛麗絲放在頭上的手拍掉，海涅則一臉疑惑地看著他說：

「……我、我說羅素，你不是很討厭那個獸人嗎？那個，因為你老是在抱怨他，我還以為他不在你比較開心呢……」

羅素傻眼的表情彷彿在說這是當然，冷冷地看著海涅說道：

「……我當然很討厭他，他不在我也很開心，只是認可他的實力而已。合成獸的本能就是追隨強者。」

可能是第一次被同事這樣冷眼看待，海涅舉止變得有些可疑。

「這、這樣啊，嗯，也對，這樣我就放心了！你前陣子被六號掀裙子的時候，瞬間表現得很像女孩子，我一直很擔心呢！」

「…………我、我表現得很像女孩子？」

羅素滿臉驚愕，海涅則默默地移開視線。

愛麗絲對兩人說：

「吸收魔王軍的領土後，葛瑞斯王國和古爾涅德就變成鄰國了。所以緹莉絲公主已經搶先一步寫信給古爾涅德，信上寫著：『往後我們就是鄰居了，好好相處吧。對了，最近我國被執法機關柊木飼養的貓型魔獸害得相當悽慘，貴國可還安好？』因此不必擔心。」

「就算對方是敵人，也有該做和不該做的事情吧？你們真的比我們這些魔族邪惡。」

「果然還是該殲滅你們這些人類才行。」

這些話對我們來說是讚美喔。

3

緹莉絲派遣親善大使並寄出了信件。等待對方回信的同時，我們每天都過得相當和平，基地小鎮的開發也在持續進行。

將森林裡的魔獸和未知資源送回地球後，地球也送來了等價的豐富物資。

我們再將這些物資毫不吝嗇地發放給居民，於是尋求糧食與工作機會的人們便紛紛湧入基地小鎮，產生了良性循環。

往後只要成功開闢森林，也能著手開發農業區和工業區了。

現在愛麗絲還在摸索如何應對以守衛森林的曼陀羅型敵性生物為首的那些不好對付的魔獸，但也只是時間早晚的問題。

……在瞭望台執行監視任務（實則耍廢）的我想著這些事的同時，發現有位稀客正在緩緩靠近小鎮。

是不知為何單方面將蘿絲視為敵人，腰間掛著手斧的嬌小面具少女——破頭族小妹。

「…………！…………！」

破頭族小妹一看到瞭望台上的我，就揮揮手跑了過來。

自從我將地球製造的斧頭送給她後，她偶爾會過來這裡玩。可能是因為她的性格跟蠻族外表截然不同，理智又嚴謹，如今基地小鎮的居民都以友善的態度接納她。

「沉沒於吾之業火之海當中吧……！永遠長眠吧，深紅吐息！」

「——！」

忽然有人對這名被居民友善接納的少女噴出火焰。

破頭族小妹及時往後跳，沒有被直接命中，但火焰還是碰到了她的蠻族衣服，於是她在地上拚命打滾。

「——！——！」

「竟敢闖進我的地盤，別以為可以全身而退！來吧，現在就來一決雌雄……好痛！」

走下瞭望台的我往蘿絲頭上一拍。

「你在幹嘛啦，隊長，她是如月的敵人啊！」

「只有妳對她有敵對意識啦。拜託妳不要每次破頭族小妹來玩就攻擊她好嗎？我們還想跟破頭族建立友好關係呢。」

破頭族外表雖然野蠻，舉止卻意外紳士，但他們在森林中還是能發揮無與倫比的力量。如今我們少了虎男這個森林戰專家，自然沒理由貿然樹敵。

……將蠻族服裝上的火撲滅後，破頭族小妹一手拿著手斧站了起來。

「喝啊啊啊啊——！」

「怎樣，要打是嗎？好啊，現在就來做個了斷！」

「喂，不要吵架！妳們年齡相仿，給我好好相處！」

我出手制止下一秒就要攻擊蘿絲的破頭族小妹後，她就一臉苦惱地抬頭看著我，並交給我一封信。

我看不懂當地文字，只好順勢交給蘿絲。

「我看看……『敬啟者，在死亡花盆甜美飄香之際，祝願如月的各位身體康健。以戰鬥維生的貴社創下的輝煌戰績，收容原是戰爭對手的魔族難民的從寬處置，都讓以武德為貴的全體破頭族人民深感欽佩』。」

聽到蠻族獻上如此恭敬的內容，我忍不住喊停。

「……喂，信上真的寫了這些話嗎？」

「用詞比較難，所以我看不太懂，但信上確實是這麼寫的喔。」

蘿絲一臉不解地抬頭看了我一眼，接著繼續朗讀信件。

「『非常抱歉，我們想對尊貴的如月提出十分無理的要求，希望貴社能和我們談談收容孩童一事。雖然這是私事，我們已經受夠跟柊木族長年征戰了。可是這一次，他們用了可疑的道具，使喚包含龍族在內的大型魔獸，將我們逼入劣勢。孩子們年紀雖小，但我們可以保證破頭族一定能在森林戰中發揮作用。百忙之中叨擾深感抱歉，若能為貴社盡一份心力，便是我們無上的榮幸。期盼貴社能予以斟酌考慮。敬上。』」

明明是蠻族，卻能寫出連我都寫不出來的禮貌信件……呃，這不是重點！

仔細一看，破頭族小妹身上到處都是細小的傷痕。

原以為是跟蘿絲玩鬧時受的傷，不過這應該是被魔獸之類的怪物抓傷的吧。

於是我立刻跑上瞭望台，對著擴音器大聲喊道：

「集合———！」

——因為突然其來的集合命令而來到會議室的戰鬥員有些不滿地開口道：

「喂，六號，我們現在正忙耶，你搞什麼啊？居住區的公寓今天之內應該能完工，快讓我回去工作。」

「我們可沒有你這麼閒耶，至少不要妨礙別人好嗎？得趕在冬天之前讓基地小鎮的居民有地方住才行……」

「雖然這個星球不常下雨，應該不會下雪才對，但還是得抓緊時間趕工啊。」

看來我這些同事因為近期的建設工程，已經忘記自己的身分了。

「哇——你們是邪惡組織的人耶，怎麼會體會到工作的樂趣啊，過得太安逸了吧！說，你們原本的工作是什麼！」

「我我、我可沒有忘記本分喔！我承認，被那群魔族瘋狂稱讚『好棒好棒』確實有點開心，但現在這麼和平，我有什麼辦法嘛！」

「因為過去執行的全是刁難別人的任務，才覺得被居民感謝的工作很新鮮嘛！你都說到這個分上了，倒是派點戰鬥任務給我們啊！」

愛麗絲對大發牢騷的這些同事說：

「我帶了好消息給你們。我們接到了狀況一觸即發的請託。」

聽到這意想不到的一句話，早已被拔去尖牙的同事們都愣在原地。

「哦，什麼，終於有戰鬥任務了嗎！」

「這種事早說嘛，誰還要蓋房子啊！」

「讓你們瞧瞧，我們不是安逸悠哉的廢物！」

可能是戰鬥員的本能被喚醒了，同事們開始得意忘形，有夠煩人。

「那個戰鬥集團破頭族好像快輸給抗爭對手了，希望我們能保護他們的孩子。」

聽完愛麗絲的說明，戰鬥員們都繃緊表情，變得嚴肅非常。

「破頭族是外表野蠻但行為充滿風度的好鄰居。我對收容孩子這個要求本身沒有意見……但我們原本的工作就是派遣戰鬥員！你們幾個，應該知道要怎麼做吧！」

「「「當然！」」」

同事們高聲齊呼，體內的戰鬥員魂似乎熊熊燃燒起來。

聞言，愛麗絲滿意地點點頭。

「回答得真棒！聽說柊木族會利用可疑的道具，使喚龍族和大型魔獸……不過如月才是最強的！讓我見識見識你們的實力吧！」

「「「……當然。」」」

忽然變乖巧的同事們用沙啞的嗓音嘀咕。

4

「隊長，那裡有波波蛇掉下來了！看來我們已經踏入破頭族的地盤了吧！機會難得，把這些當成土產帶回去吧！」

「那個不是掉下來，是破頭族刺在樹枝上曬乾啦。」

在深邃又險峻的森林之中，大胃王合成獸雀躍無比地走在前方。

不對，雀躍無比的人不只有蘿絲。

「終於輪到我們上場了！魔族存在意義就是戰鬥，讓你們瞧瞧前魔王軍幹部的威力！」

「我也因為被迫穿著這身衣服一直做家事，最近都快迷失人生的方向了。戰鬥合成獸的存在意義就是戰鬥，我也不會輸給海涅。」

平常被當成綠能發電廠瘋狂壓榨的奴隸組也表現出前所未有的十足幹勁，或許是想抒發平日的鬱悶吧。

而且……

「戰鬥也是我們的存在意義！畢竟我們是職業戰鬥員啊！」

「大奶奴隸跟羅素兒就在後面好好看著吧，別跟我們搶工作！」

「聽說對方會派出龍族，簡而言之就是超大蜥蜴吧？一開始確實有嚇到我，但我發現跟英雄操縱的巨大機器人相比，簡直是小意思嘛！」

同事們也變得熱血沸騰，彷彿要跟當地人比拚似的直接豁出去了。

「喂，大奶奴隸是在說我嗎？」

「可以不要叫我羅素兒嗎……」

因為太久沒戰鬥了，今天有一大堆血氣方剛的傢伙想要參加。

以我這個隊長為首，成員有兩隻戰鬥合成獸、大奶奴隸，以及三名雜魚戰鬥員。

「喂，六號，愛麗絲把危險任務丟給我們，結果她跑哪兒去了？」

「對啊，畢竟那丫頭只有腦袋可取。讓你當現場指揮官，感覺很不安耶。」

「看看我們的小隊組成，男女比例是三女四男耶。雖然愛麗絲是仿生機器人，有她在至少能平衡一點。為什麼不把她帶過來啊？」

見愛麗絲不在小隊裡，那些雜魚戰鬥員開始發牢騷。

「因為這次只是針對大型魔獸和柊木族進行威力偵察，沒必要帶愛麗絲過來。她忙著開發基地小鎮，幹架這種事就交給我吧。」

「喂，不要理所當然地把我當成女性好嗎？」

女裝合成獸一臉困惑地提出抗議，但根本沒有人要吐槽。

——就在此時……

「隊長，有沒有聞到一股香味？感覺是香噴噴的肉味……」

走在最前面的蘿絲這麼說，並動著鼻子聞了聞。

或許是戰鬥合成獸的嗅覺都很靈敏，羅素也同樣聞了一下……

「是炙燒的味道呢。該說是香噴噴嗎……不對，這個味道是！」

羅素變得驚慌失措，不知為何忽然衝了出去。

「羅素，你幹嘛啊！單獨行動很危險！」

「居然想獨占，太奸詐了！如果地上有野生肉塊，應該平分才對！」

「我不是要撿來吃，而且野生肉塊是什麼啦！海涅，這個味道是艾薩克！艾薩克在前面被灼傷了——！」

——我們追在羅素後頭，發現有隻獅鷲蹲在森林被砍伐後的某塊空地中央，渾身上下都是黑灰。

「艾薩克～～！」

海涅帶著哭腔喊出這個名字，急忙跑到獅鷲身邊。

「海涅小姐，怎麼可以趁機幫牠取名主張所有權，心機太重了吧！我想吃大腿肉！」

「笨蛋！艾薩克是我養的獅鷲，不准吃牠！」

海涅緊緊攀在獅鷲身上，用背擋住蘿絲的攻擊。

「對喔，妳以前會騎獅鷲嘛。我才想說牠怎麼不見了，原來妳把牠放養在這種地方？」

「我是迫於無奈才會淪為被壓榨的奴隸，但我不想把這孩子牽扯進來，才選擇放生牠。畢竟獅鷲很強，在森林裡應該也能過得很好。啊啊……這到底是……」

不顧眼眶含淚的海涅，蘿絲用盯著獵物的眼神看著艾薩克說：

「我在想，既然艾薩克已經被放生到森林裡，就不屬於任何人了吧？」

「……同、同族，我先把話說清楚，獅鷲一點也不好吃喔。要是妳在這種狀況下吃掉艾薩克，我以後就不會把妳當成同類了。」

羅素的嘴角抽了幾下，並用雙手貼著艾薩克吟唱咒語。

「以前跟海涅小姐戰鬥時，我有咬過艾薩克，但當時沒有任何調味，我覺得很難吃。可是牠現在散發著迷人的香氣，我應該吃得下去。」

「住口，不准再靠近艾薩克了！羅素，快幫牠療傷！」

海涅拚命保護艾薩克，羅素的雙手也發出淡淡微光。

「羅素兒在用魔法耶！那是回復魔法吧！」

「水屬性的人會用回復魔法，好像奇幻小說喔！羅素，我被拉鍊夾到皮膚受傷了，也可以幫我療傷嗎？」

「羅素的外表也很像小女孩，甚至還會使用魔法，另一隻合成獸就……」

「另一隻合成獸怎麼了？回答讓我不滿意，我就咬人喔。」

「你們好吵，我在集中注意力，給我閉嘴！」

這群人在獅鷲面前吵吵嚷嚷的，他們明白現在是什麼情況嗎？

獅鷲燒傷倒地，就表示有人讓牠受傷了……

「……？怎麼突然變黑了……」

海涅抬頭看著天空喃喃說著，下一秒立刻瞪大雙眼停下動作。

看了她的反應，雜魚戰鬥員在確認天空之前就將武器往頭頂上舉。

太陽被某個龐然大物遮擋，四周籠罩在一片昏暗之中，而我丟出了一枚閃光彈——！

「唔喔喔喔喔喔喔，接招吧啊啊啊！」

堪稱本星球最強生命體的龍族一看到我們就猛衝過來，但閃光彈放出巨大聲響和閃光的同時，牠因為眼睛灼傷，直墜而下。

「幹、幹幹幹得好啊，六號，不愧是最強老屁股！」

「哼，只要玩過魔物獵仔，用閃光彈擊落空中的龍族可是常識啊！嘿，終歸只是超大蜥蜴嘛，不足為懼！」

「呀哈～～！別小看近代兵器啊！就是現在，幹掉牠！」

雖然這些雜魚戰鬥員拿別人的功績沾沾自喜，但我不討厭這種被捧上天的感覺。

「哎呀呀，我只是丟了個閃光彈而已……喂，蘿絲，有沒有看到隊長的帥氣……」

「「「啊啊啊啊啊啊啊！」」」

抬頭看著天空的三個當地人全都因為眼睛灼傷，痛苦地打滾。

「吼喔喔喔喔喔喔喔喔喔！」

再加上落地的龍族因為眼睛看不見而發狂失控，周遭的樹木都被撞斷了。

「等等，喂，六號，想想辦法啊！這下束手無策了啦！」

「射牠射牠，抓好距離拿槍射牠！被捲進去的話會被壓成肉醬喔！」

「六號，你這白痴！都是你多管閒事，害這三個夥伴無用武之地了啦！」

看到可以輕鬆壓扁一座小屋的龍族發狂的模樣，在場所有人都四處逃竄。

「這不能怪我啊，遊戲裡的龍族又不會失控成這樣！」

我一邊反駁這些雜魚，一邊用突擊步槍掃射。只是……

「這是怎樣，攻擊根本沒有效果嘛！你們去申請火力更強的武器行不行，我的點數不夠支付！」

最近的生活太健全安逸，惡行點數遠遠不足。

這些爛到骨子裡的人跟我不一樣，一定存了很多惡行點數……

「「「………………」」」

「喂。」

我忍不住開口吐槽，他們就慌張又激動地反駁：

「有什麼辦法，這個星球根本沒有娛樂嘛！一到晚上就會有很多問題啊！」

「即使要動用到點數，也只能從日本申請了嘛！」

「你天天被女部下圍繞，哪懂我們的心情！」

這群人難道是用惡行點數申請色色的東西嗎？

這時應該狠狠痛罵他們，我卻狠不下心。

畢竟我以前也做過類似的事……

「嗚嗚……終、終於看得見了……」

就在我差點回想起塵封在記憶深處的那段過去時，蘿絲這句話讓我回過神來。

「好，我們的武器沒什麼用，用你們的魔法還是什麼的扁牠！」

「牠正在發狂亂衝，我沒辦法對付啦，隨便靠近會被壓扁！隊長，你不是有一把什麼鬼鋸劍嗎？」

我那把什麼鬼鋸劍也是近戰武器啊。

「哼，真有你的……！還以為你是夥伴呢，沒想到會被你弄瞎眼！」

「海涅，別管龍族了，我們先把這傢伙幹掉吧。反正這裡是森林，說他是被龍族吃掉就好。」

蘿絲的視力恢復後，海涅和羅素也氣得火冒三丈。

「哦？你們這些從來沒贏過我的敗犬，殺得了就試試看啊。」

見我故意挑釁，兩人的臉色立刻……

原本漲得通紅的臉忽然變得無比慘白。

「隊、隊長……後面……」

這時我才發現龍族發狂破壞的聲響不知不覺停止了。

既然他們的視力恢復，龍族自然也是……

「撤退！」

「「「啊啊啊啊啊啊啊！」」」

我沒確認後方狀況就開始狂奔，身後也傳來龍族猛踏地面的巨響。

我奮力向前跑，同時將拔開插銷的第二顆閃光彈越過肩膀往後扔。

閃光伴隨著巨響照亮四周，但龍族可能從剛才的閃光彈學到教訓了，這次完全沒聽見牠眼睛灼傷時的慘叫聲。

不行，閃光彈頂多只能拖住牠的腳步。

沒辦法了，現在只能請那群可靠的同事充當誘餌……！

「……喂，他們跑哪去了！居然把我們當成誘餌！」

不知是用了光學迷彩還是逃跑了，那三個同事早已不見蹤影。

居然把重要的夥伴當成誘餌，果然不能相信邪惡組織的戰鬥員！

……這時，方才接受羅素治療的獅鷲終於撐起身子，緊盯著前主人海涅。

「艾薩克，你可以活動啦！好孩子，讓我們坐上去！」

「……」

海涅急忙奔向獅鷲，獅鷲看了龍族一眼後卻將臉別開。

「艾薩克？幹嘛，你是怎麼了，是我啊！你應該不會忘記主人的臉吧！」

海涅拚命搖晃獅鷲，但獅鷲只發出陣陣低吼，像是在耍脾氣。

「海涅小姐，艾薩克以為自己被遺棄在森林裡，所以在鬧彆扭！」

「海涅，快道歉！跟艾薩克道歉！」

「我、我是為你好，才把你放生到森林裡！跟你分開我也很痛苦，但我真的無計可施。

我都淪為奴隸了，要是不想點辦法，你一定也會被狠狠壓榨……！」

海涅和獅鷲開始演起莫名其妙的小劇場，這時我將地球傳送過來的壓制裝備——強化催淚彈往龍族扔了過去。

「嘰呀啊啊啊啊啊啊啊啊啊啊啊啊！」

催淚彈對龍族也有用，這得跟愛麗絲報告才行！

我想趁龍族痛苦掙扎的時候逃跑，轉頭看向本該跑在前方的那群人——

「欸，艾薩克，你聽我說。我從小就和你一起長大，一直把你當成最疼愛的弟弟……好痛！艾薩克，你幹嘛撞我啦！」

「海涅小姐，艾薩克是女孩子。」

「我才在想妳怎麼會取這種名字，原來是搞錯性別了啊……」

「別管那麼多了，你們幾個快點逃啦～～～～！」

動作還慢吞吞的三人這才回過神，倉皇逃跑。

「對不起，都是我不好！回到基地小鎮後，我會用愛麗絲給的零用錢買好多肉給妳吃！還有，我以後再也不會離開妳了！」

在海涅的拚命勸說下，獅鷲展開翅膀趴在地上，示意大家坐上來。

所有人都跳到獅鷲身上後，可能是四個人的重量超出負荷，獅鷲開始瘋狂掙扎。

「喂，艾薩克能承載五隻半獸人士兵耶，這是怎麼回事！哪個笨重的傢伙坐上來了！」

「重的是隊長！正確來說，是隊長的鎧甲太重了！」

「同族，我們一起把這傢伙踢下去！……啊！你在幹嘛，放開我的腳！」

聽到羅素開口羞辱我，我本想抓著他的腳把他拖下水，但要繼續在森林中逃跑的話，習慣游擊戰的我也就罷了，這三個人應該會被吃掉吧。

「回到基地小鎮後給我走著瞧。這下你們欠我的人情可大了！」

我從獅鷲背上跳下來，啟動R鋸劍和充滿防備的龍族對峙。

「為了讓弱小無力的你們逃走，我會稍微拖住牠的腳步！之後就算龍族追上去，你們應該能用基地小鎮的防衛武器解決牠吧！」

我一跳下來，獅鷲就展開翅膀仰望天空。

「隊長～～！如果你能平安回來，我就把晚餐分你一點！」

這丫頭對食物如此執著，這應該算是盛情款待了吧。

「你以前都對我上下其手，應該是你欠我的人情比較多吧！」

「我以前也一直被你掀裙子，你欠的人情才多吧！」

至於那兩個人，回到基地後再讓他們用肉體償還吧。

接著，身後傳來獅鷲踩踏地面起飛的聲音。

「跟巨大機器人和變身英雄相比，你只不過是會飛的巨大蜥蜴！別小看戰鬥員！」

「吼啊啊啊啊啊啊啊啊啊！」

「隊長～～！」

5

我在森林裡瘋狂逃竄，獨自埋怨道：

「哪是什麼巨大蜥蜴啊，沒辦法啦，牠比英雄還難搞。」

龍族很恐怖，超級可怕。

不但有又硬又重的龐大身軀，腦袋還很靈光。

我試著用R鋸劍砍牠，但牠一受到傷害就會飛向天空對我噴火。

一個人根本打不過，得派一大群人用對空武器跟牠火拚才行。

「……迷路了。」

我撥開樹叢跑進森林，好不容易把龍族甩開，卻也迷失了基地小鎮的方位。

這座森林似乎具有磁力，指南針會完全失靈，就像富士山的樹海一樣。

天色漸漸暗了，難不成我要在這座恐怖的森林露宿嗎？

冷靜點，最資深的戰鬥員六號，你過去也經歷過無數次野外生活吧。

不必惶恐，你還是有一些惡行點數，總會有辦法的！

……我在這座對人類超級不友善的森林裡為自己加油打氣，同時警戒四周，忽然感受到某人的視線。

我將手繞到腰部後方，緊緊握住手槍——

「——？」

眼前的樹叢中傳來一陣不成聲的聲音，接著冒出一個熟悉的面具。

「破頭族小妹～～！」

「——！」

可能是因為在森林裡變得有些膽怯，我立刻凹住破頭族小妹不放。

「太好了，我剛才被龍族追殺，結果迷失方向了！」

被我挨近的破頭族小妹先是慌了一會，後來就摸摸我的頭，像在安撫小孩似的。

在森林裡被國中生年紀的少女安慰的畫面，感覺充滿犯罪氣息。

「喔，妳別誤會嘍。我一點也不慌張，一個人也能撐過去，只是我得早點趕回基地。畢竟，不這樣的話我的部下會擔心嘛。」

「——！——！」

破頭族小妹表示理解般不斷點頭，又繼續摸摸我的頭。

看來她壓根兒沒聽懂吧。

「不過，破頭族小妹，妳怎麼會在這裡？身上還是一堆傷口耶，妳不是應該在基地接受治療嗎？」

「——、——！」

從她的手勢推測，她只是隨便治療一下傷口，因為太擔心部落的狀況，才從醫務室逃了出來。

雖說是戰鬥民族，讓一個孩子單獨回去部落還是不太妥當。就在我苦惱之際，忽然靈光一閃。

「我有個要求，可以送我回去基地嗎？我一定會答謝妳。」

破頭族小妹點點頭，宛如護送走失孩童的監護人般牽起我的手，帶著我往前走。

這是我的作戰計畫，透過委託善良的破頭族小妹，順勢將她送回基地保護，不過看來她正值想展現姊姊風範的年紀。

「……喂喂，因為我剛才表現得很慌張，妳就把我當成小孩子嗎？居然敢瞧不起我。就算妳沒牽著我，我也不會迷——」

「喝啊啊啊啊啊啊啊啊啊啊～～！」

「嘎！」

破頭族小妹忽然扔出手斧，樹叢中就傳來一聲哀號。

她撥開樹叢走進去，又開開心心地將頭被砍破的致命顎獸秀給我看。

「——！」

看到破頭族小妹高舉手斧，做出無聲的勝利吶喊，我立刻將一隻手伸向她。

——據愛麗絲所說，這座名為「魔之大森林」的森林在大陸的占地面積將近六成。

在如此遼闊的森林中，蠻族當然會建立起獨自的文化。

我們認為十分危險的這座森林，對破頭族來說就像住慣的自家庭院。

換句話說，我想說的是……

「破頭族小妹，救命啊！有隻用雙腳步行的兔子在追我，那是什麼，好恐怖！」

「喝啊啊啊啊啊啊！」

我們現在可能已經闖進森林深處，魔獸的襲擊根本沒停過。

有隻頭上長角的巨兔朝我的方向猛衝而來，破頭族小妹一出手，牠就變成了兔肉。

破頭族小妹靈活地用手斧支解肉塊，或許是覺得晚餐有著落了，她的心情好得不得了。

「我先把話說清楚，只要我拿出真本事，這隻噁心兔子也是三兩下就能解決。我只是覺得太噁心才交給妳處理，我的實力很強喔。」

聽完我的辯解，破頭族小妹點點頭。支解完畢後，她用葉片包住兔肉，再從看似竹筒的東西中倒出水來洗手。

隨後，她將洗乾淨的小手伸向我。

我已經漸漸習慣被小孩牽著手，於是自然而然地緊緊握住那隻手。

「喔哇！破頭族小妹，妳幹嘛忽然把我拉過去，嚇我一……」

手被她這麼用力一拉，我立刻提出抗議。不過看見一條蛇掉在我原先的位置後，我便立刻噤聲。

破頭族小妹一手拿著手斧，踩過蛇的身軀，俐落地將蛇頭砍了下來。

「……欸，破頭族真的快輸了嗎？你們到底是在跟多凶狠的人戰鬥啊？」

「……？」

她剝下蛇皮，用葉片包起肉塊，一臉不解地歪著頭。

我啃著破頭族小妹分給我的肉乾，在夕陽早已西斜的森林中繼續前進。

破頭族的夜視能力應該很強，她安全地帶著我走在昏暗的森林獸徑上。

雖然不知道往後跟他們的關係會如何，即使接受改造手術的戰鬥員夜視能力也不差，不過還是別在晚上的森林裡戰鬥比較好。

「——！」

「哦，是剛才差點就要把我吃掉的可怕花朵。別擔心，我不會再上當了。」

破頭族小妹拉著我的手，手指的方向有一朵美麗盛開的花，大概有人頭那麼大。

花蕊中心處埋著看似寶石的東西，剛才我本想伸手拿取，花瓣就狠狠地闔上。

我用掉在地上的樹枝戳了戳寶石，發現這種花的花瓣相當銳利。

要不是破頭族小妹及時阻止，我差點就要失去一隻手了。

「——！——！」

她應該是在稱讚我會記取教訓吧。

破頭族小妹踮起腳尖摸摸我的頭，像是在說：「好棒棒！」我這是被她徹底看扁了吧。

——我們又在森林裡走了一會，來到一處小小的水池。

破頭族小妹用比手畫腳的方式告訴我要在這裡休息一下。

「好，這次包在我身上，讓妳瞧瞧科學的力量。」

搭起樹枝準備生火的破頭族小妹疑惑地歪著頭。這時候就該讓文明的利器登場了。

以前跟愛麗絲和杜瑟進森林的時候，杜瑟簡直是無所不能。

這次我要用打火機和緊急糧食讓蠻族見識現代人的力……

「——！」

「……破頭族小妹，那是什麼？為什麼一下子就把火點著了？」

破頭族小妹用手斧敲擊亮晶晶的紅色石頭，幹練地生起火來。

又來了，這個星球當地人的野外求生能力太強了吧。

破頭族小妹靈巧地用手斧將撿來的樹枝削尖，把撒過鹽的兔肉及蛇肉串在上頭，插在火堆旁。

她又拿出巨大的鍋狀葉片放在火堆上，往裡頭倒入池水。

這種葉片似乎很耐燒，沒有燒起來，沒多久就將水煮開了。

破頭族小妹用葉片把滾水倒進竹製水壺，再往剩下的熱水中加入路上採集的野草。

這應該是破頭族會喝的飲料吧，類似茶葉。

她隔著面具把瀰漫香氣的茶水呼呼吹涼後，連同葉片容器整個遞給我……

「呃，這樣我不就是被小孩照顧的沒用大人了嗎？嗯，我會收下這杯茶。畢竟是妳請我喝的，我很感激……」

破頭族小妹一臉不解地歪著頭，等我接過葉片後，又將烤得恰到好處的肉串遞給我。

愛麗絲也好，破頭族小妹也好，難道我身上已經有「被小孩撫養」這個屬性了嗎？

——當我們吃完飯，正在悠哉喝茶時。

「……哦，這連我都看得出來。有幾隻魔獸藏在那個樹叢裡吧？」

「——！」

破頭族小妹一手拿著手斧起身向前，像是要把我護在身後。

可能知道自己被發現了，四隻致命顎獸立刻從樹叢裡現身。

這些數量對戰鬥集團破頭族來說或許也備感威脅，只見破頭族小妹慢慢往後退，碰到我之後就停了下來。

她轉頭瞥了我一眼，然後下定決心準備衝向魔獸，而我及時抓住她。

「破頭族小妹，妳不知道我的工作嗎？我可是以戰鬥維生的人啊。」

我對抬頭望著我的破頭族小妹微微一笑，想讓她安心。

「我要感謝妳帶我走到這裡，這次換我救妳了。」

見我從腰間抽出手槍，破頭族小妹點頭如搗蒜——

——在一片漆黑的森林中，我被無數隻致命顎獸追殺，同時抱著破頭族小妹狂奔。

「破頭族小妹，對不起，我以為只有一開始的四隻，但數量這麼多，我實在沒辦法從容應付。」

聽了我的辯解，被我扛在肩上的破頭族小妹輕拍我的頭，像是要我別放在心上。

一開始那些致命顎獸似乎只是斥候部隊。

我擊退第四隻後，就被無數隻致命顎獸團團包圍。

我用閃光彈弄瞎牠們的眼睛，趁隙抱著這孩子逃了出來，只是——

我的身體能力被戰鬥服強化過，但還是被犬型魔獸追上了。

黑壓壓的影子不斷逼近，垂掛在我肩膀上的破頭族小妹便握緊手斧。

「喝啊啊啊啊啊啊啊啊啊啊～～！」

破頭族小妹用被我扛在肩上的姿勢，對準後方追來的致命顎獸頭部揮下手斧。

我扛著化身為魔獸迎擊裝置的破頭族小妹，往樹林間透過來的光奮力奔跑。

從遠處就能看見的那道光芒，正是基地小鎮瞭望台照向森林的探照燈。

只要跑到那個地方，就能期待同事上前支援了。

不久，我們連滾帶爬地跑出森林，抬頭往那道明亮光源一看——

卻發現基地小鎮陷入一片火海。

6

居民們在收拾燒燬的瓦礫時，我先將破頭族小妹送到醫務室，之後和如月的主要成員一起被叫進會議室聽取愛麗絲的說明。

「情況就是這樣，在你們執行偵察任務期間，基地被追殺海涅他們的龍族攻擊了。引開龍族注意力的蘿絲和羅素受了點傷，所幸沒有人身亡。」

負傷的兩名合成獸正在醫務室接受治療。

所向無敵的兩人居然被囑咐要好好靜養，看來是太小看龍族的威力了。

由於只有基地小鎮的木造倉庫著火，可以確定沒有人員傷亡。居民們都鬆了一口氣，表情卻還是鬱鬱寡歡。

這也難怪。

「真是的，只要我不在，這些廢物就這麼沒出息！身邊有這麼多防衛設施和裝備，居然連蜥蜴也打不死嗎！」

有很多戰鬥員留在基地小鎮，卻對飛來的龍族一點辦法也沒有。

被我劈頭痛罵後，把我當成誘餌逃出森林的廢物A立刻開口頂撞：

「閉、閉嘴啦，白痴！我們有用基地裡配備的重武器跟牠對抗啊！但不知為何飛行道具對牠無效！」

「什麼？這傢伙居然敢找藉口開脫！給我乖乖承認『我們真的束手無策，還是需要戰鬥員六號的力量』！」

聽了我的挑釁，廢物A就撲上來，我也出手迎擊。這時，愛麗絲難得開口為他說話。

「不，重武器真的對龍族無效，而且我對這個現象有點印象。」

愛麗絲這句話讓我和廢物A都停下動作，雪諾也繼續幫腔。

「嗯，是砂之王和巨大貓那種讓飛行道具無效化的特殊能力吧。」

我們之前戰鬥過的巨大魔獸幾乎都具備這個能力。

原來如此，那就沒辦法對抗飛在空中的龍族了……

「聽見沒有，白痴，我們並不是毫無作為！發現攻擊無效時，我們就優先疏導居民避難了，蠢貨！」

「我看你就是在森林裡迷了路，還被破頭族小妹保護吧？喂，到底誰才是廢物，說說看啊！」

這兩個廢物反過來挑釁我，像是在回嗆我方才的叫囂。

我二話不說直接跟他們扭打起來。這時，有人輕輕敲了幾下會議室大門。

「打擾了。我剛才去鎮上巡視，災害狀況並不嚴重。這樣應該趕得上過冬的準備。」

杜瑟說著這些話走進會議室，臉上浮現安心的神色。

看到我們扭打成一團，杜瑟慌張地說：

「那、那個，六號先生？雖然我們是邪惡組織，但打架是不好的行為喲。」

「小瑟，這不是打架，我是在訓斥沒用的廢物。這些傢伙只有戰鬥能力可取，要是連這點小事都做不到，那就只是便便製造機而已。」

「如果下次又被龍族攻擊，就讓這傢伙一個人去戰鬥吧！」

「好啊，就算他哭爹喊娘也不要救他！這次是幸好有杜瑟小姐在，是你的話絕對打不贏啦！」

幸好有杜瑟小姐在……？

「難不成是小瑟打倒龍族的？」

「啊，對……愛麗絲小姐說既然飛行道具無效，就用火箭把各位戰鬥員送到天上，所以我也……我坐的不是火箭，而是請海涅的獅鷲送我上去，飛到龍族附近再使出魔王拳……」

杜瑟還是老樣子，毫不猶豫就挺身而出。聽完她這番話，本行是戰鬥員的那群人就尷尬地別開視線。

「……你們幾個，居然讓新進女幹部發動特攻，不覺得丟臉嗎？而且連蘿絲和羅素這些孩子都挺身奮戰受傷了……」

「是有點丟臉啦！但是沒辦法啊，就算我們制止，杜瑟小姐還是堅持要一起去！」

「如果是有辦法對抗的敵人，我們也會一馬當先攻過去！我們會思考如何對付龍族，下次給我走著瞧！」

這些雜魚留下充滿敗犬氣息的藉口就離開了。目送他們離去後，愛麗絲說：

「破頭族的信件上寫著『包含龍族在內的多數大型魔獸』，那我們最好保持警惕，應該還有像那個龍族一樣的其他敵人。」

「是嗎……我是靠建築業吃飯，所以無所謂，不過戰鬥員真的很辛苦呢。」

這位本職應該是騎士的建築工說得一副事不關己的樣子。

「喂，妳開什麼玩笑啊，居然因為敵人棘手就退縮了！什麼建築業啊，平常那身騎士的扮裝又是怎麼回事！」

「不、不得無禮，竟敢說我在扮裝，不可饒恕！昨晚那隻龍的體型確實龐大，那麼大型的魔獸也很少見吧。而且把龍賣掉還能賺錢，既然你都說到這分上了，我就挺身而出吧！」

我們開始爭辯，杜瑟卻戰戰兢兢地舉起手說：

「那個，雖然有點難以啟齒……那麼小隻的龍可能賣不了多少錢……」

咦？

「那種算小隻？小瑟，妳在胡說什麼啊？我們可是歷經九死一生才逃出來的耶。」

「不、不是，那個……昨晚那隻本來就是低階龍族。牠們的實力當然不弱，但真正令這個星球聞風喪膽，又能賣出高價的，是人稱最高階的龍族，還被稱為『自然災害』……」

我決定這陣子也和雪諾一起當建築工──

──離開會議室後，決定轉職的我往重型機械放置處走去。這時，愛麗絲忽然上前跟我搭話。

「喂，六號，我們去找柊木抗議吧。」

「我已經是建築工了，不好意思，去找別人吧。」

愛麗絲說著莫名其妙的話，我也毫不猶豫地回絕她的邀約。

事情才發生沒多久，居然又要我去森林裡面，她在說什麼夢話啊。

「你提防的是在森林裡操控龍族的柊木族對吧？我說要去抗議的，是自稱執法機關的那群人。」

這麼說來，這兩個都叫柊木耶。

「以前那個叫亞德莉的女人說過，『那些地上人是我的眷屬，在人類獲得無法控制的力量時，就會出面阻撓調停』。」

原來如此，如果柊木族真的跟他們有關，那他們就違反停戰協議了。

「但要是那群人對柊木族下了指示，我們人搖大擺地闖進他們總部不會很危險嗎？」

面對我的疑問，愛麗絲露出心懷鬼胎的表情說：

「其實為了收集情報，我已經讓戰鬥員十號潛入他們的陣地了。如果他們態度不理想，我會對十號下達指令，直接炸了他們的據點。」

7

跟愛麗絲來到前托利斯王國後，我在那群人作為據點的城裡大聲抱怨：

「邪惡組織還要預約什麼啊，少廢話，叫亞德莉那個呆瓜出來！」

我們忽然上門要求會面，就被看似門衛的傢伙制止，說沒有事先聯絡就不放行。

「使徒亞德莉大人正在接待其他賓客！你們再繼續撒野，小心我把柊木的精兵部隊叫出來！」

「哦？之前那一戰都被我們痛扁了，你還敢瞧不起如月啊？你想引戰，我也不會手下留情喔。」

就在我對門衛找碴時，上方忽然傳來一個聲音。

「無妨，讓他們進來吧。我代替亞德莉接見他們。」

從城堡的窗戶現身向我們搭話的，是亞德莉的帥哥上司。

我記得他叫弗利茲吧？然而門衛士兵卻帶我們來到一個構造簡陋的房間。

這裡應該是弗利茲自己的房間。雖然兩國現在停戰，他們短時間內應該沒打算與我們交好。

為了不被看扁，我要酸他一句「應該用更高規格接待我們吧」……

「其實是古爾涅德王國的使者上門提出莫名其妙的抗議，所以亞德海特正在使用會客室。不好意思，我只能在這個房間接待你們，還請見諒。」

「……這樣啊。畢竟我們此次前來沒有事先告知，也沒辦法。」

愛麗絲這次採取退讓的態度。然而古爾涅德之所以上門申訴，就是因為我們送過去的那封信吧。

「我明白你們這次前來的理由。你們要談柊木族操縱的魔獸吧？」

弗利茲露出游刃有餘的微笑，雙手交握靠在桌上。

「我還以為你會裝傻呢，那就好說了。你們飼養的柊木族使役龍族來騷擾我們。現在應該還是停戰期間，我們才來問問這是怎麼回事。」

聽了愛麗絲的抱怨，弗利茲臉上的笑意依舊從容。

就在我猜想他是不是藏著某種王牌時——

「柊木族確實跟我們機關有關聯，但他們那個集團是將擁有高度技術及文明的我們當成神之使徒崇拜。亞德海特雖然將他們稱為『眷屬』疼愛有加，不過真要說的話，只不過是下層組織……不對，只是擅自崇拜我們的信徒罷了。」

說完，弗利茲露出一抹冷笑。這時他身後的門緩緩開啟——

一聲不響進入房間的人是右肩披著浴巾，左肩披著光學迷彩，全身赤裸的戰鬥員十號。

發現我們後，十號舉起一隻手，像在打招呼。

執行潛入任務應該要更慎重其事，這傢伙為什麼會住進長官的房間啊？

「柊木族這個稱呼也只是他們想更親近我們，才擅自冠上的名號……話雖如此，我們還是會對他們宣揚思想及理念，將不再使用的技術施捨給他們。」

弗利茲說了些什麼，但我完全聽不進去。

坐在我身旁的愛麗絲可能也沒料到這一步，完全僵住了。

十號正在擦乾濕漉漉的身體，看來是剛洗完澡。

他是從後方的房間走出來的，那裡應該是浴室吧。都隨隨便便進去洗澡了，為什麼不會被發現呢？

我用手肘頂了頂僵住的愛麗絲，她才猛然回神重啟狀態。

「……噢。所以你想說的是，這是柊木族擅自惹出的事端，你們沒有任何責任的意思……呃……」

愛麗絲一反常態，言行舉止依舊倉皇不定，看來並沒有完全重啟狀態。

振作點啊，愛麗絲，妳這個仿生機器人怎麼能心生動搖呢？要是弗利茲發現我們狀態有異，回頭查看，事情就穿幫了。

「不，我並沒有說那麼不負責任的話。但你們組織沒發生過部下擅自搗亂的事嗎？沒有額外的旗下組織嗎？關於這次狀況，我向兩位謝罪，也希望能與貴組織維持以往的關係。」

十號用浴巾擦乾身體後，走到笑容滿面的弗利茲身後，從看似冰箱的器具裡頭擅自拿出飲料。

夠了，不要用手勢問我們「要不要喝」。

「是、是嗎？既然你願意謝罪，此事就算了吧。呃，那該怎麼處置那些傢伙……」

愛麗絲的作風不像以往那般強勢，可能不太會應付意料之外的突發狀況吧。

這時，十號用手勢比劃了一番，想向我們傳達某種訊息。

「我剛才也說了，他們只是單方面傾慕我們的信徒。你們想怎麼處置都行。」

『重要機密、這傢伙、女人、女扮男裝。』

……因為十號在這種狀況下對我們傳達這件事，我真的一句話也聽不進去。

呃，他的身材確實比較纖瘦，聲音也有點沙啞，但這種事真的有必要現在說嗎？這傢伙一定對這狀況樂在其中吧。

「那個，所以……就算報復他們也無所謂嗎？」

不顧依舊難掩動搖的愛麗絲，十號又對我們比了幾個手勢。

『讓你們、看看證據。』

不，弗利茲是女人這件事現在一點也不重要。

但我們的心聲完全沒起到任何作用，十號竟光明正大地打開衣櫃翻找起來。

「是啊，我是無所謂。不過……」

十號將從衣櫃拿出的女性內衣褲穿在身上，沒有一絲猶豫。

『看吧？』

看什麼看，有必要穿在身上嗎？

為什麼要在這種狀況下妨礙我們啊？你現在一定賺到惡行點數了吧？

為了不讓你露出馬腳，我們可是板著臉拚命掩飾耶，拜託不要用那個樣子含住大拇指擺出性感姿勢好嗎？

「對我們來說，他們使用的技術已經過時了，但還是對你們造成了相當大的威脅吧。畢竟那可是連低等龍族都能使役的技術。」

我實在忍不住了，雙肩顫抖，低下了頭。

弗利茲見狀，可能以為交涉狀況對他有利，便露出狂妄無畏的笑容……

「他們比想像中還要難對付喔。呵呵，你們想報復的話，我就祝你們旗開得勝。」

有個只穿著內衣褲的大叔開始在你房間床上睡覺了喔。

——離開柊木的回程路上。

我坐在全速奔馳的越野車副駕駛座，對駕駛座上的愛麗絲說：

「潛行任務的派遣人選，妳也挑一下嘛。明知道那個狀況不該笑，反而更想笑了。」

「居然把這件事說得像是我的誤判，真是太遺憾了。你們這些戰鬥員是怎樣啊，到底是吃了什麼又活成什麼德性，才會做出那種蠢事。」

戰鬥員本來就一堆怪人，事到如今才跟我說這些有什麼用。

「總之，我們已經取得他的承諾了。雖然破頭族只要求我們收留孩子，但我已經決定要助他們一臂之力。這是邪惡組織與執法機關的代理人戰爭。」

「所以是久違的戰鬥員派遣工作嗎？我是也很想說『戰鬥就包在我身上』……」

那些從屬於敵方麾下，槍砲彈藥都不管用的大型魔獸才是問題所在。

簡單來說，我們的火力壓倒性不足。

就算搬出毀滅者，只要龍族飛上天空，我們就沒轍了。

「我知道你在擔心什麼。這件事就交給我吧，只要拜託我方的最強戰力就行了。」

說到我們現階段的最強戰力，非那個人莫屬。

那個人很會照顧別人，得知蘿絲跟羅素住院的消息，他一定會趕過來。

而且我們現在將破頭族小妹收留在基地小鎮。

那個人是蘿莉控，只要破頭族小妹提出要求，他一定二話不說馬上答應。

最重要的是，他之前在一番激戰後打倒了龍族，成功奪走魔導石。

此刻潛伏於古爾涅德王國的森林戰專家。

如月最強怪人，虎男終於要登場了——

中場休息① ——姊姊，初次見面！——

腦海中出現了一道熟悉的嗓音。

「現在感覺怎麼樣？會覺得頭痛想吐嗎？」

我微微睜開眼，發現一名白衣女子盯著我。

我對眼前的女子回答：「……腦袋有點昏昏沉沉的。」

「這也難怪，畢竟我給妳注射的是恢復記憶的藥，會對腦部產生負荷，覺得昏昏沉沉是正常的。」

為什麼要給我注射那種藥？

「沒為什麼，就是為了找回妳原本的人格。妳可能不記得了，妳的身體接受改造手術後被搞得亂七八糟，必須定期維護。維護的最後一步，就要像這樣進行記憶恢復的處置。」

失去記憶也無所謂啊……

「那可不行。妳會變得這麼可憐，我得負全責才行。不論要花多少時間，我都一定要讓妳恢復原狀。」

……可以問問妳之前試過哪些方法嗎？

「……是催眠療法。別擔心，這次我很有信心，將上次只有些微效果的催眠療法和特殊藥物雙管齊下。我會讓妳進入催眠狀態，喚回遙遠過去的記憶。」

……催眠療法真的只有些微效果嗎？

在模糊的記憶碎片當中，我隱約記得自己被迫說了很可怕的話……

聽到我興致缺缺的語氣，女子深感遺憾地搖搖頭。

「那可不是在玩啊！是為了確認有沒有確實進入催眠狀態，才會命令妳說出平常不會說的話！我只是讓妳朗讀了幾段官能小說而已，不必放在心上。」

…………

女子將視線從沉默不語的我身上移開，咳了幾聲試圖掩飾。

「接下來就開始恢復妳的記憶了！妳現在正將記憶回溯至遙遠的過去，證據就是妳說話的語氣已經變回原本的樣子了！來，先做個自我介紹吧。說說看，現在的妳是什麼感覺？」

名字……我的名字……現在的我是——

「我叫三条友加梨……明天是小學的開學典禮……」

「回溯太多了啦！」

第二章

彼列來襲

我們被叫來訓練場集合，眼前這位笑容滿面的上司說道：

1

「我來了。」

現在到底是什麼狀況，如月最強戰力——業火之彼列居然來了。

我用只有站在旁邊的愛麗絲才能聽見的音量問：

（我一直以為妳是要接虎男回來耶，彼列大人怎麼會在這裡！）

（地球的戰爭目前暫時平息，所以彼列大人閒著沒事做。這次的狀況不像之前誆騙莉莉絲大人過來時那樣，基地的傳送裝置也安定許多，我就把彼列大人借過來了。但條件是一旦收到地球的召回命令，就要立刻將她送回去。）

在三位最高幹部當中，只有彼列不必負責事務工作。

正確來說，是她無法勝任事務工作。不過既然留在地球是浪費她的戰力，不如將她調來當地好好發揮。

以當前的狀況考量，她確實是最可靠的人選，但這個人的行事效率快得有點恐怖。

（喂，愛麗絲，妳知道彼列大人的性子嗎？在某種意義上，她的棘手程度比莉莉絲大人還要誇張耶。）

（聽說她是蠻橫霸道，講不聽，凡事都靠暴力解決的武鬥派。再說，如月根本就沒有正常人啊。我早就設想過情況會很棘手了。）

愛麗絲能理解至此自然是好事，但其實從剛剛開始，我就對彼列的某個狀況十分在意。

「彼列大人，我能問個問題嗎？」

「怎麼了，六號？你就說吧。」

我對挺起胸膛這麼說的彼列提問：

「那我斗膽一問，妳為什麼穿成這樣？過去那套性感妖嬈的幹部裝去哪了？」

彼列原本的造型應該是類似泳裝的衣服，現在卻穿著鮮紅色的訂製款戰鬥服。

「因為你之前說很像廉價的扮裝ＡＶ女優啊！」

那只是單純陳述感想，不過心靈純粹的彼列好像很在乎這件事。

「戰鬥服也不錯啦，但用皮帶強調胸口是什麼意思？為什麼馬上又風騷起來了？」

「不准對上司用『風騷』這個詞！我有什麼辦法，胸口的拉鍊拉不起來啊。」

彼列這麼說，舉手投足間都散發著性感魅力。

「所以，現在是什麼狀況？我要去燒誰？」

隨意問候幾句後，風騷上司說出了這種可怕的話。

「森林裡住了一群叫『柊木族』的傢伙，會操控巨大魔獸，我們想請妳去收拾他們。不過在這之前，我先為妳介紹當地的部下。」

彼列應該沒多久就要回去了，我仍執意替她介紹，這是有原因的。

其他同事從剛才就一動也不動，也是為了不被彼列盯上，才刻意毫無動靜。

「喂，海涅，過來！這是其中一位如月最高幹部，彼列大人。」

海涅正在觀察情況，我便對她招招手。與此同時——

「妳就是報告書上那個山寨女嗎！」

「山、山寨女？這話是什麼意思！」

見彼列忽然大發雷霆，海涅驚恐地後退。

「喂，聽說妳自稱『炎之海涅』啊！我可是尊貴的業火之彼列！這樣會搞混，所以妳去換名字！」

「憑什麼！」

初次見面，彼列劈頭就提出這種蠻橫要求，海涅緊咬下唇反駁：

「恕、恕我直言，這是前魔王陛下為火屬性的我恩賜的寶貴稱號！就算妳說容易搞混，也不能說改就改……」

這麼說來，這傢伙每次聽到「魔王軍四天王」或「炎之海涅」這些稱號都很開心，原來其中有這麼深的含意啊。

不過……

「我不管，從今天開始，妳就是普通的海涅！還有，妳跟我用一樣的稱謂也會導致角色性重疊！往後妳就自稱『小女』或『奴家』！」

「太不講理了吧！」

順帶一提，我覺得她們都有性感肉體這一點也重疊了。

海涅氣得大聲嚷嚷，但對彼列這種蠻橫霸道的化身講道理是行不通的。

雖然在戰鬥方面她是最可靠的人選，除此之外都相當難搞。

我之所以介紹海涅，就是為了將這個完全不聽人講話，霸道又看心情做事的彼列會搞出的問題分擔出去。

「好，海涅！身為同是火屬性的當地人，就由妳負責帶彼列大人到處看看。給我繃緊神經，不得無禮！」

也是為了把彼列硬塞給跟她莫名相似的海涅，省去一切麻煩！

「我也很久沒見到你了，六號，還是你來帶吧。」

2

看到眼前的景象，海涅驚愕地說：

「彼列大人的動作太快了吧……」

彼列來到這個星球才一個小時左右，但這位行動力滿滿的武鬥派上司隨意觀光幾處後就對森林放火了。

她說想跟這個星球的敵性生物戰鬥看看，我們就把她帶到眼前這座森林。

被彼列指名隨行的我跟海涅站在遠方盯著眼前這一幕。這時有個蠢動的黑影從被彼列的業火包圍的森林中竄了出來。

「哦？喂，六號，有個奇怪的女人跑出來了！」

「那是妳焚燒森林之後出現的，類似這裡的看守者。她頭部打開後會射出像子彈的東西，妳要小心點喔。」

彼列的能力是經過莉莉絲可怕的腦部手術後得到的噴火能力。其火力相當威猛。個人攻擊力堪比兵器的彼列已經完全放棄人類身分了。

「你以為我是誰啊？事到如今，子彈怎麼可能傷得了我。」

「……是沒錯啦，但就是以防萬一嘛。」

彼列全身上下都做了改造手術，所以具備超高防禦力及身體能力。她似乎想在最前線作戰。

「啊！好……好不痛喔，根本不痛嘛！喂，六號，我真的一點也不痛，所以別用那種眼神看我！」

「我知道，妳就躲一下嘛。沒必要故意去挨子彈啊。」

「呃，正面接下森林守衛的子彈，為什麼還能活命啊……？」

先別管嚇傻的海涅，頑固的彼列正面接下敵性生物發射的子彈後，就哭喪著臉躲到樹蔭下。

同時，熊熊燃燒的樹木也從枝葉噴出水霧，撲滅周遭的火焰。

「喂，它們還自帶噴水器喔？」

「這個星球的森林會自行滅火，所以沒辦法以火耕開闢。」

彼列欽佩地點點頭，便從口袋裡拿出某個東西。

「也就是說，我焚燒森林的火力太小了對吧？」

「大錯特錯，但只要彼列大人自己可以接受就好。」

彼列點了頭，往自己的脖子注射那個東西。

那是以硝化甘油為主原料的注射劑，可以增加彼列的噴火能力。

注射過度會帶來副作用，隔天會痛苦不堪，但這個人毫無學習能力，不管跟她講過多少次，她還是會毫不猶豫地使用。

可能是直接注入血管的硝化甘油發揮了作用，彼列的雙眼充血，變得炯炯有神。

「喂，新來的，既然妳是火屬性，就給我看仔細了！讓妳見識一下，只要火力夠強，我們就是所向無敵！」

「好、好的！」

對海涅的回答相當滿意的彼列從樹蔭處伸出右手。

「再吃我這一招吧啊啊啊啊啊啊！」

彼列大喊一聲，同時對森林中央擊發巨大火焰——！

「——原來如此，結果變成這樣啊。」

彼列用火焰代替問候，將部分森林徹底消滅，結果造成的衝擊將基地小鎮的窗戶全震碎了。

突如其來的大爆炸讓居民們亂成一團，連葛瑞斯王國都派出使者來勘查狀況。

將這些爛攤子收拾完畢後，現在愛麗絲把我們三人叫到窗戶破光光的會議室裡，我們則乖乖跪坐在角落。

「抱歉，愛麗絲，我不小心用平常那種感覺發動攻擊了。因為地球的基地窗戶都是強化玻璃做的嘛，而且那邊的居民也對爆炸見怪不怪了。」

彼列滿臉歉疚地搔搔頭，向愛麗絲道歉。

「不，彼列大人，我不怪妳，我是已經知道妳會闖禍才把妳叫過來的。這件事錯在沒好好約束妳的那兩個人。」

「等一下！怎麼能怪小女呢？小女也不知道彼列大人的威力強到什麼地步呀！」

親眼目睹彼列的火力後，海涅就把自稱改成小女了。

「哦？所以是我的錯嘍？這對如月戰鬥員來說算是稱讚呢！妳也被彼列大人指名隨行，要是只有妳一個人免責，我可饒不了妳！」

「你跟彼列大人相處的時間比較久吧！那就該預想到這種狀況啊！」

我們維持跪坐的姿勢吵起來，愛麗絲無奈地聳聳肩膀。

「雖然基地小鎮的窗戶全破了，考慮到彼列大人的戰績，這個代價還算輕微，畢竟在難以開墾的森林正中央炸出了一大片空地嘛。只要把爆炸的大坑填補起來，馬上就可以當作開拓地加以利用了。」

彼列擊發的爆炸最大威力似乎相當於一萬噸的ＴＮＴ炸藥。

雖然不清楚這種威力有多驚人，只靠一個硝化甘油補充劑就能隨意使出這種攻擊便是彼列的強項之一。

「我也沒料到彼列大人會在抵達這個星球當天就出擊。不過既然如月引以為傲的最強戰力來了，柊木族就不是我們的對手。」

對如月的科學力量充滿信心的愛麗絲握緊小小的拳頭說：

「邪惡組織怎能任人宰割！明天就召集所有戰鬥員，前往破頭族據點展開支援！」

「沒錯！要替身受重傷的兩名合成獸報仇！明天就讓那群人瞧瞧我們的厲害！」

彼列不顧情緒高漲的愛麗絲及海涅，在我耳邊輕聲問道：

（喂，不能現在馬上進攻嗎……？）

真想叫怠惰的莉莉絲學學這個人的行動力和勞動意願。

——隔天。

「嗚嗚……六號，好噁心……」

「一大早就在瞎說什麼啊，我哪裡噁心了？」

我來到戰鬥員宿舍迎接彼列，結果她從房裡探出頭說了這麼難聽的話。

「不是……我的頭好痛，感覺很噁心……」

「因為妳昨天用了硝化甘油注射劑啊。所以我們不是常跟妳說，不要用那種對身體不好的東西嗎？」

彼列的浴衣鬆垮垮的，慘白的臉就像宿醉一樣。只見她緩緩拿出硝化甘油注射劑。

「這種時候，只要睡醒打一針就能活跳跳了……」

「那是喝酒的大叔才會說的話，不准因為這種理由打藥。」

注射劑被我搶走後，彼列用充滿怨恨的眼神盯著我。

「把我的寶物還給我……」

「才不還妳。莉莉絲大人要我盯著妳，不能注射過量。」

我往搖搖晃晃的彼列背上一推，把她推回房間換衣服，結果身後傳來「咚」一聲。

我疑惑地回頭看去……

「隊長……那個風騷女的寶物是什麼？」

發現格琳站在身後盯著我。

有個裝著三明治之類的籃子掉在走廊上，可能是要送給某人吃的食物吧。

「你把那個看起來很像宿醉的超級風騷女的什麼東西奪走了？那個衣衫不整的女人的寶物，究竟是什麼啊啊啊啊啊啊啊啊啊啊！」

「妳幹嘛一大早就發瘋啊，吵死了！是這個啦，這個，彼列大人的硝化甘油！」

我把從彼列手中搶來的硝化甘油拿給格琳看，格琳就露出嚴肅的神情。

「……彼列大人？這名字很耳熟耶。」

「是其中一位如月最高幹部，也是我的上司。她很厲害喔。」

格琳當場跪坐下來，深深一鞠躬。

「謝謝您對我們隊長照顧有加，我是隊長的部下兼未婚妻，格琳．格里莫瓦。小女不才，往後請您對我倆不吝指教。」

「妳不要碰到誰就自稱未婚妻啦，否則一定會後悔。」

我忍不住吐槽，格琳卻氣憤地盯著我。

「後悔什麼呀！不要事到如今才說你在騙我，我可不認！」

「我是要告訴妳，要是到處宣傳自己有未婚夫，其他男人就不敢靠近妳了。」

我撿起地上的籃子，交給神情嚴肅陷入苦思的格琳。此時，不知不覺恢復氣色的彼列開口說道：

「你還是一樣很受怪女人歡迎耶。未婚妻是什麼意思？」

「我只是跟她說，十年後如果彼此還是單身就跟她結婚。我是打算在那之前就找個人娶了啦。」

「再怎麼說也是在未婚妻面前耶，這個人居然說出這麼渣的話。」

格琳抱著籃子埋怨。彼列一臉疑惑地盯著她。

「喂，妳說妳叫格琳是嗎？妳為什麼光著腳？」

「這是宗教上的理由。我穿上鞋子或襪子就會出大事。」

初次見到格琳的人都會對這件事起疑。被彼列這麼一問，格琳也只是微笑著回答。

「……六號，要不要讓她穿上襪子？」

「不行啦，彼列大人，我猜這傢伙應該會死喔。」

然而好奇心旺盛的彼列雙眼已經像孩子般閃閃發光了。

「穿上襪子就會死？哪有這麼蠢的事啊。我是邪惡組織的人，反而想故意弄她看看。」

「不是，她真的很容易死。只要一個不留神，她就會因為無聊的理由陣亡出局。」

對話期間，彼列已經拿出便條紙和傳送機。

看來她是真的想試。再這樣下去，格琳會死。

「……欸，隊長，她該不會是認真的吧？我做了早餐過來想讓隊長吃，算是賢妻良母吧。這麼可愛的未婚妻為什麼要慘遭毒手呢？」

「妳聽好了，格琳，等一下看到我給妳的信號，妳就全力逃跑。這人一旦開口就不會聽勸，所以我會用盡全力爭取時間。只要妳成功逃脫一段時間，彼列大人就會立刻忘記自己要做什麼了。」

格琳滿臉驚恐地往後退，可能發現我不是在開玩笑吧。

然而，格琳將原本小心捧在胸前的籃子輕輕放在走廊一角。

「隊長，今天這個三明治，我做得比平常還要用心。我用了啾啾地鼠的上等肉，是我的自信之作。這場戰爭結束後，我們就在中庭一起享用吧？」

「不要用我沒聽過的肉，我要看過牠還活著的樣子再決定要不要吃……不對，妳快逃！就算我們聯手也贏不了她的！」

格琳將手指抵在嘴邊，露出溫柔的笑靨。

「我可不是只會被保護的女人。我沒那麼精明，沒辦法丟下不惜拚上性命保護心愛女人的未婚夫，遠走高飛。呵呵，如果我真的有這個本事，現在早就跟帥哥名流建立幸福的家庭了……」

「我哪有拚上性命保護妳？妳也不是我心愛的女人，太誇張了。」

格琳完全忽略我的吐槽，並拿出好幾枚戒指。

「這些是我晚上在鎮上到處搜刮而來的愛的結晶！飽含了那些男人和女人的心意，不如現在就……」

「喂！」

格琳完全沉醉在情境之中，越說越激動。但她話還沒說完，就被彼列的低空擒抱撲倒在地。

不愧是如月最強的武鬥派，根本反應不過來。

「被彼列大人逮到就沒救了。沒辦法，我去幫妳收集供品吧。」

「別這麼快就放棄啊！等等，隊長，你不是要保護我嗎！」

被彼列撲倒的格琳哀聲連連，但在最高幹部面前，我能做的也只是爭取時間……

「所以我剛才不是叫妳快逃嗎？真受不了妳……彼列大人，不好意思，這傢伙好歹是我的部下，別讓她死在這——」

「喝啊！」

不是不會察言觀色，而是不肯察言觀色的彼列完全無視我們之間的對話，讓格琳穿上了襪子。

3

將格琳的遺體移往祭壇後，我們來到集合地點。三名雜魚戰鬥員、海涅和負責帶路的破頭族小妹，已經在那裡等著了。

我們要去拯救部落，破頭族小妹應該很開心吧。她一手拿著手斧，心情好得不得了。

「怎麼辦，彼列大人，她暫時沒辦法復活了。」

「她是誰？復活又是什麼意思？跟我說這些我也聽不懂。畢竟我在改造手術後失去了部分記憶嘛。」

改造手術是以前做的，為什麼會失去上一秒的記憶呢？雖然不知道是怎麼回事，她似乎想把剛才那件事當作沒發生過。

——重新振作後，彼列對排排站的戰鬥員大聲喊道：

「好，全員到齊了吧！報數！」

「六！」

「十五！」

「十七！」

「二十九！」

「──！」

「咦……小、小女該說什麼……」

我們各自報上自己的號碼後，卻被彼列打了頭。

「誰叫你們報號碼了！算了，總之是四個戰鬥員和兩個當地人吧！包含我在內有七個人是嗎？如果傷得不重還是繼續作戰，但只要死一個就馬上撤退！」

「麻煩妳改用『一個也不能少』這種說法好嗎？除了螻蛄和水蚤，戰鬥員也是一條生命耶。」

莉莉絲跟愛麗絲都不把戰鬥員的性命當一回事，難怪如月會被說是黑心企業。

彼列卻用不解的神情看著發出噓聲的我們。

「傻瓜，這裡有我，怎麼可能讓你們先死啊。我會好好保護你們，要死也是我先死。」

「忽然聽到這種話會心跳加速耶，拜託不要這樣。」

這個人平常很不講理，但偶爾會像這樣哄騙我們。

當同事們都嬌羞地低下頭時，臉頰微紅的海涅對我輕聲問道：

（喂，六號，難道彼列大人是正常的上司嗎？）

先不論她算不算正常的上司，她的本性確實很善良。

——破頭族小妹帶我們走進森林幾個小時後。

茂密的森林深處傳來敲擊聲，似乎是破頭族的信號。

「——！」

聽到這個聲音，破頭族小妹嚇得抬起頭，接著慌張地對我們比手畫腳，但完全看不懂她想表達什麼。

她站在聲音傳來的方向阻擋去路，比了一個人大的叉號，看來是想說不准往前走吧。

「喂，想說什麼就直說啊！」

「——！」

這位霸道上司對蠻族少女依舊毫不留情。

這孩子只是還沒學會共通語言，並不是不會說話。

破頭族小妹用力搖頭，努力表達她的意思，只是……

「說啊，前面到底發生了什麼事？妳怕生到必須以面具示人，這確實無可奈何，但現在不是害羞的時候吧！」

我覺得她不是因為怕生才戴面具耶。

破頭族小妹表現得慌張至極，接著便將面具湊近彼列耳邊。

「——、——！」

「很好，明明就能說話嘛！」

彼列摸摸破頭族小妹的頭，像是在稱讚她的表現。

「將她剛才說的話解讀之後……就是『前方那個部落被大型魔獸和好幾隻龍族攻擊了，戰況並不樂觀。大人們在聚落放火，想跟那群魔獸同歸於盡。得知這件事的孩子們想拜託如月保護他們』。」

彼列背對著我們，語氣淡然地繼續說道：

「而且這個小不點還說『不能再牽連無辜了，我們撤退吧』。」

接著，她低頭看向乖乖被她摸頭的破頭族小妹。

「你們幾個，孩子都說到這個分上了，應該知道自己該做什麼吧！」

聞言，破頭族小妹驚訝地抬起頭來。為了讓她安心，彼列對她微微一笑，明明被副作用折磨得那麼痛苦，還是毫不猶豫地注射硝化甘油。

「所有人給我上！殺進去啊啊啊啊啊！」

「「「呀哈～～！」」」

「喝啊啊啊啊啊啊！」

「等、等一下，別丟下小女一個人呀！」

因為硝化甘油的副作用導致雙眼充血的彼列，領著衝動無比的戰鬥員奔往聲音傳來的方向——！

「——彼列大人直接衝進去，把森林和魔獸全燒光了。」

「能不能給點正常的報告？」

聽完回到基地的我呈上的報告，愛麗絲要求我詳述。

「上午十一點二十分，我們抵達遇襲的破頭族聚落。十一點二十一分，彼列大人對率領大型魔獸的一隻低等龍族使出飛踢，將其擊墜。後來彼列大人就連同破頭族聚落，將剩下的龍族和魔獸全燒了。」

「她在搞什麼啊？」

妳問我，我問誰啊？

「我根本來不及阻止彼列大人啊。碰到敵人的瞬間，本來耐熱能力很強的龍族就被踹飛還被燒死了。光是沒有人類傷亡，妳就該慶幸了。」

聽了我的說明，愛麗絲有些苦惱地雙手環胸。

「……最重要的彼列大人去哪裡了？」

發現彼列不在，愛麗絲開口問道。

「她不小心燒了破頭族的聚落，說是要把另一邊也燒了才能平衡，所以就去攻擊柊木族的聚落了。」

「現在馬上追過去阻止她。」

愛麗絲神情嚴肅地說。

「應該來不及了吧。柊木族好像離破頭族的聚落不遠……」

時間配合得剛剛好，代替破窗暫時黏上的塑膠布忽然震動，森林裡冒出一團巨大火球。

「……我還想學學他們操縱魔獸的那些技巧呢。」

「我猜已經被燒成一片灰燼了吧。」

但這樣一來，敵對蠻族就滅亡了，日後的侵略活動也能輕鬆一點。

「喂，六號，執法機關柊木的弗利茲當時一臉得意地說『他們比想像中還要難對付』、『呵呵，你們想報復的話，我就祝你們旗開得勝』，這些話是什麼意思？龍族直接被秒殺，柊木族也跟著被剿滅了不是嗎？」

「以結果來說算是好事嘛。雖然破頭族的聚落被燒了，但原本決心赴死的大人們也獲救了。彼列大人回來後，得好好款待她一頓才行。」

再說，我一個人回來是有原因的。

因為彼列說她回到基地小鎮後，想吃這個星球才有的食物。

她還是一樣反覆無常，我就烤整隻半獸人嚇嚇她好了。

「……也對，把最高幹部請來的那一刻，我就知道事情會鬧大了。至少彼列大人快速解決了問題，還是比莉莉絲大人好得多。畢竟我是強求總部把她借過來的，兩天就能把她送回去也好。今晚就好好招待她，讓她開開心心回地球吧。」

「只要把敵人交給彼列大人，她就能好好工作，只是……」

我話還沒說完，基地的無線電就傳來同事的聯絡。

『這裡是戰鬥員十五號。好消息是聚落已經成功燒燬，不過彼列大人繼續追殺逃跑的那群魔獸和柊木族，結果我們跟丟了……』

「她一發現敵人就會不管三七二十一衝過去，跟隊伍走散迷路喔。」

「立刻去追彼列大人！」

愛麗絲對著無線電大聲喊道。難得看她這麼驚慌。

4

夕陽即將西斜之時，同事們帶著幾個柊木族戰俘回到基地。

沒看到彼列的人影，可見沒有人追上她。

「……糟糕，我借用彼列大人時跟如月總部談好條件，只要總部召集就要立刻送她回去。要是彼列大人有個萬一，我就百口莫辯了。」

來到我房間的愛麗絲直接躺在我的床上，踢著雙腳說起喪氣話。這種孩子氣的反應相當符合她的外表。

我們姑且派出了搜索部隊，但至今沒有任何尋獲報告。

如果彼列請地球傳送水或食物，就能知道傳送位置的座標，但或許是她的野外求生能力太強，如今還是在毫無補給的狀態下行動。

然而別看彼列這樣，她好歹也是有錢人家的大小姐，入夜後應該不想露宿野外，會申請傳送簡易小木屋或物資吧。

「彼列大人應該沒過多久就會一臉沒事地回來。這個未開化的星球連手機都不能用，簡直糟透了，之後請莉莉絲大人製作沒有基地台也能使用的手機好了。」

「……是啊，如月最強幹部怎麼可能輸給魔獸呢？我們還是繼續搜索，但也希望彼列大人能跟我們聯絡。要是總部臨時召集，也只能想辦法巧妙混過去了。」

就在愛麗絲開口抱怨的時候——

平常鮮少使用的地下牢房傳出了淒厲至極的哀號聲——

「——呼～～！呼～～！」

在陰暗的地下牢房中，情緒激動的破頭族小妹正在用手斧狂砍柵欄。

她帶著強烈殺意看向牢房深處，那裡有個女人正瑟瑟發抖。

「不可以，破頭族小妹，她是重要的戰俘。我們也想要他們的技術，要是被妳私刑伺候，我們會很傷腦筋啊。」

擅自闖進地下牢房想破壞柵欄的破頭族小妹，抬頭看見出手制止的我，就沮喪地垂下肩膀。

這一幕應該是手拿斧頭的凶惡犯人想讓牢裡的女子腦袋開花，我卻莫名有種罪惡感。

這時，愛麗絲對失望的破頭族小妹說：

「我明白妳想報復長年交戰的敵人的心情，不過等我們訊問完再說吧。」

「喂，別允諾這麼恐怖的事情。這女人是柊木族的族長吧？」

——彼列攻擊聚落時，有大半柊木族人成功脫逃，但仍有幾個人落網。

我們對這些謎團重重的人進行訊問，感覺能問出不少情報，只是……

「畢竟我們的最終目標是讓所有地球人移民過來。雖然現在還有許多未開墾地帶，然而移民過來的地球人總有一天會讓這個星球飽和。那可能得適度掐死一些新生兒……」

「雖然妳是仿生機器人，殘暴也該有個限度吧！……奇怪？我會被派來這個星球，不是因為如月支配地球後戰鬥員就會失業，避免裁員的對策嗎？沒必要讓全人類都搬過來吧？」

聽了我的問題，愛麗絲露出微笑。

「是呀，不能讓你們這些戰鬥員走投無路呢。如月可是重視夥伴的祕密結社。」

…………

「喂，現在地球到底是什麼情況？是不是出了什麼大事？我都提出歸還申請了，卻遲遲沒有通過，不是只有我的公寓被炸掉而已吧！」

「好，來訊問柊木族吧。六號，開心吧，對方可是女族長喔。你最愛這一味吧？」

「確實不討厭啦，但先回答我的問題！」

就在此時——

「蠻族就是一群思想低劣的傢伙。」

說出這句話的人，是被關在牢房深處的柊木族族長。

這個女人被抓時，臉上的面具就被沒收了。她用宛如貓科動物的剛強眼神不屑地睥睨著我們。

被彼列襲擊時，這個族長是為了讓同伴先逃，負責殿後才被抓的。

「妳口中的『蠻族』是指我們嗎？不過妳會說話啊，我本來想請杜瑟翻譯，這樣就省去麻煩了。」

「柊木族是比你們這些蠻族更優越的存在，所以我會說蠻族的語言。」

語言確實能相通，但她的表達方式很像翻譯網站翻出來的。

「……對了，那個破頭族個體平常也會用蠻族語言交流，身上的刺青也是一擦就會掉，那只是想營造出原住民族的感覺。」

「！」

破頭族小妹被族長這句話嚇了一跳，連忙搖頭。

「——！——！」

「我知道，妳別緊張！不必擦掉刺青，我一直都相信妳！」

破頭族小妹拚命把布塞給我，彷彿要我把刺青擦掉看看。看到我急忙安撫她，族長不禁笑了起來。

「唔呵呵呵，騙你的！我只是開個玩笑。簡單來說，破頭族的特徵就是太老實了，啊哈哈哈哈！」

「————唔！————唔唔唔唔！」

見破頭族小妹開始用手斧猛砍柵欄，族長稍微退了幾步，但還是將雙手放在臉旁搧呀搧，像小孩一樣挑釁她。

「用那個斧頭要花好長的時間才能砍壞柵欄呢！加油！加油！啊哈哈哈哈哈，這是對你們長年妨礙我族行動的報復挑釁，這個破頭族個體真是拚命！」

「喝啊啊啊啊啊啊啊啊啊啊啊啊啊啊啊啊啊啊啊！」

看到破頭族小妹氣憤地猛砍柵欄，愛麗絲將牢房鑰匙遞給她。

「戰俘還有好幾個，這傢伙就隨妳處置吧。」

「呼～～！呼～～～！」

「破頭族個體，請妳冷靜！我為剛才的挑釁行為謝罪！可是破頭族和我族長年都是敵對關係，請理解我的心情！」

從愛麗絲手中接過鑰匙後，破頭族小妹立刻就要打開牢房，族長便哭喪著臉開始辯解。

「……喂，妳應該清楚吧，等一下妳回答我的訊問時，要是敢瞧不起人，我就會叫她收拾妳。」

「我明白了。」

看到族長臉頰抽個不停，破頭族小妹開始做起揮棒動作，像是故意演給她看。

「那差不多該進入愉快的時間了。嘿嘿嘿，女族長呀，妳知道被邪惡組織抓住的女戰俘會有什麼後果嗎？」

「哦，我想起來了，每次建設基地小鎮的時候，他們都會用太陽雷射砲攻擊來擾亂耶。到底是怎樣才能做出那種事呀？待會兒我們就好好問清楚吧。」

看到我們在牢房外露出下流的笑容，族長臉色鐵青地縮起身子。破頭族小妹也拍拍手，彷彿等候多時了。

不愧是會讓敵人腦袋開花的蠻族，完全不抗拒這種血腥行為。

「我是這裡的實質負責人，如月愛麗絲，這位是戰鬥員六號。」

「您客氣了。我是柊木族族長，雅・柊木・荒木露西亞……」

族長開始自我介紹時，我在愛麗絲耳邊輕聲說：

「喂，愛麗絲，這麼長的名字我記不住啦。」

「名字太長確實很難記。從今天開始，妳就是蠻族A。」

「……………從今天開始，我就是蠻族A，我明白了。如月愛麗絲，妳對蠻族A有什麼問題？」

我是很想問問那群人的情報……

蠻族A坐在地上抓著柵欄這麼問，愛麗絲便屈身向前問道：

「先聊聊你們的太陽雷射砲攻擊吧。天上並沒有類似衛星的東西，那到底是從哪裡發射的？」

「我們將座標傳送到飄在天上的空中要塞，申請支援砲擊。」

……空中要塞。

「對啊，我們從平流層掉下來的時候什麼也沒看到，不知不覺間天上飄了一座城啊。那座城是從哪裡生出來的？」

「不是生出來的，而是原本就在那裡。那座要塞是執法機關柊木的總部，平常會用光學迷彩遮蔽蠻族的可見範圍，你們才看不見。」

聽了蠻族A這番話，我和愛麗絲互看一眼。

「『喂，愛麗絲，她居然說出光學迷彩這四個字耶。他們的技術水準真的跟我們不相上下嗎？』」

「『她聽得懂太陽雷射砲的意思就很可疑了。他們的部分技術一定凌駕於地球。』」

看到我們用日文竊竊私語，蠻族A露出無畏的笑容。

「執法機關柊木的力量強得可怕，在他們的超強威力之前，你們只能敗北。所以對我這個柊木的人好一點，你們會比較輕鬆。」

看了我們的反應，她似乎想逞強。

「喂，我問妳，那個叫亞德莉的女幹部養了一隻大貓，難道砂之王跟森之王都是你們做的？」

「答對了，砂之王是執法機關柊木的傑作，但也答錯了，蜥蜴型機械生命體守護者是執法機關柊木的敵對勢力製作的。絕大多數的活體魔獸是柊木製，而機械魔獸大部分是出自敵對勢力之手。」

炫耀技術的同時進行解說似乎讓蠻族A樂在其中，只見她一臉得意地回答。

「『喂，我越聽越糊塗了。生物型巨大魔獸是柊木製，金屬型是跟柊木對戰的組織做的？柊木的敵對勢力是誰啊？』」

「『你想，那隻金屬蜥蜴森之王不是守著一座地下設施嗎？我猜那就是敵對勢力的基地或研究設施……』」

插不上話又閒閒沒事做的破頭族小妹開始慢慢磨起手斧了。

「你們這些惡人馬上就要遭天譴了。因為柊木已經在某個王族體內埋入了對付魔王用的隔代DNA。沒錯，俗稱勇者DNA即將覺醒，將魔王及魔族連根剷除。所以下一個攻擊目標就是……」

「那個勇者已經失蹤了，魔王也轉職了喔。」

「！」

……磨斧霍霍聲迴盪在一片寂靜的地下牢房中，愛麗絲若無其事地繼續提問：

「每次我們在建設基地小鎮時，你們都會來搞破壞，到底是想怎樣？是對森林有地盤意識嗎？」

「當蠻族開始建設不符合身分的東西，我就要負責破壞掉。執法機關柊木就會以此為信號，降臨這個世界管理愚蠢的蠻族。」

蠻族A彷彿某個開關被打開了，忽然張開雙手站起身。

「過去人類在這個世界發展得欣欣向榮，以高度技術過著高級的生活，人人都能歌頌美好的人生。可是人類增加的速度太快了！糧食問題、居住問題、婚姻問題……」

「別用那種拐彎抹角的說法，用更簡單易懂的方式解釋吧。妳看，那兩個已經嫌煩了，開始在做自己的事情。」

我在研磨斧頭的破頭族小妹身邊開始保養刀具。蠻族A用「拜託你聽一下」的眼神望向我。

「……過去拜高度技術所賜，人口不斷增加，引發了糧食短缺、氣候暖化、土地不足和環境汙染等問題，還爆發戰爭。結果可怕的武器將絕大部分的土地破壞殆盡，再也不能住人了。」

……嗯？

「『喂，愛麗絲，這個星球以前的狀況是不是跟現在的地球很像？』」

「『畢竟地球也因為人口遽增引發了許多問題。如果如月沒有侵略地球，視而不見的結果就會掀起戰火。建立起文明社會的種族，幾乎都會走到這一步。』」

看來每個地方都過得水深火熱啊。這裡明明是未知的星球，卻也毫無未來可言。

「為了復甦荒廢的大地，敵對勢力播下基因改良的種子建造森林，並製造守衛藏在地底下。」

「……？復甦荒廢的大地這個行為固然很好，但現在的世界幾乎有大半都被森林覆蓋了吧？而且如果是普通的森林也就罷了，還是完全無法開墾的可怕森林。人類能居住的地方反而減少了吧？」

「這是失誤。因為基因改良過頭，才無法阻止森林的侵蝕。」

喂。

「柊木也是為了復甦荒廢的大地，阻止森林侵蝕，才製造出砂之王隱匿在空中。」

「…………？為了復甦大地才製造出砂之王？那傢伙別說是綠化大地了，還不停沙漠化耶。」

但砂之王跟森之王看起來的確像敵對關係。

「這是失誤。是開發部門沒將『地鼠可以鬆土肥沃大地』這件事理解清楚就照單全收，隨便亂做才會變成那樣。」

「你們跟敵對勢力都在亂搞嘛。這是邪惡組織才會做的事耶。」

被我吐槽的蠻族A竟一點愧疚之意也沒有。愛麗絲繼續問道：

「你們的歷史我已經明白了。但『建設不符合身分的東西就要破壞』這句話到底是什麼意思？亞德莉那個女人還嚷嚷著他們才是正義之士。」

「這是柊木的偉人說的。他們說蠻族得到了不合身分的技術，才會導致過去的戰爭還有世界汙染。所以偉人心想：還是讓蠻族繼續當傻子好了。」

「喂，愛麗絲，這些人壞透了！這就是愚民化政策吧！」

簡單來說，就是限制人民接收的資訊量，慢慢拉低教育水準，不讓他們聰明到可以對政治起疑。這種統治方法，連如月幹部考慮再三後都會駁回。

然而被我當成壞人的蠻族A似乎相當不爽，抓著柵欄破口大罵：

「放著你們這些蠻族不管，就會越生越多，浪費現有的資源！蠢蛋一定要靠偉人管理才行，否則世界會毀滅！」

「閉嘴啦，白痴！等我娶到老婆，就要每天進行人口增生的行為，管理個屁啊，別開玩笑了！我要解決少子高齡化的問題！」

「蠻族果然下流又低劣！等柊木掌控了這個世界，就要率先處分你這種蠢蛋！」

這傢伙竟敢大放厥詞！

「有本事儘管來啊！我看妳還沒搞清楚自己的處境吧，在邪惡組織裡面是被允許對逮到的戰俘進行情色虐待的喔！」

「其實是不被允許的。」

我沒理會開口吐槽的愛麗絲，直接開鎖走進牢房。

可能是料想到我接下來要做什麼，蠻族A立刻伸出雙手往後退。

「我收回前言，你這個蠻族簡直帥呆了。不然我表演謝罪之舞給你看吧。」

「什麼謝罪之舞，是在瞧不起我嗎？嘿嘿嘿，事到如今才想挽回也來不及了。好啦～要怎麼處理這個女人呢？」

我露出卑劣的笑容步步逼近，愛麗絲則充滿好奇地對我說：

「等等，六號，我想看一下謝罪之舞。還有，你們為什麼在太陽雷射砲攻擊之前都要跳舞啊？是要用那個舞蹈指出攻擊目標嗎？」

這麼說來，這些人在攻擊前一定會跳舞。

可能就像愛麗絲說的，此舉是為了將座標傳達給空中要塞……

「那是在說『待會兒就要消滅你們啦』的勝利與挑釁之舞。」

「喝啊啊啊啊啊～！」

聽到蠻族A的愚蠢回答，不知何時闖進牢房的破頭族小妹撲了過去。

5

彼列未歸的兩天後。

因為聚落被焚而無家可歸的破頭族狠狠壓榨被俘虜的柊木族，在基地小鎮旁建立起新的據點。

腦袋差點被劈開的蠻族A用謝罪之舞乞求原諒，最後淪為破頭族小妹的手下。

我經常看見蠻族A被破頭族小妹威脅去搬運資材，但現階段應該也沒什麼大問題了。

這兩個蠻族本來就積怨已久，就讓他們自行解決吧。

再來就是如何找出完全沒打算回來的彼列……

——正當我跟愛麗絲陷入苦惱時，有個名為格蘭德·杜布魯的國家派了使者過來。

從來沒聽說過的國家忽然派使者過來，我有些疑惑，但還是把他請到接待室……

格蘭德·杜布魯的使者一走進房間就低下頭。

「我國無意與如月開戰，而是想與貴組織建交。我國能採集到許多優良礦石，可以用超低價格讓售給你們。」

「……這樣啊，我們現在的主力輸出品是水精石和工業產品。收購礦石的價格不一定要壓到很低，只要比其他國家便宜就行。」

看到使者初次見面就將姿態放得這麼低，愛麗絲不為所動地回答。

不問原因繼續談話雖然很有她的風格，但看她做了些許讓步，可見是察覺到什麼端倪了吧。

應該說連我都察覺到了，此事關乎彼列。

「真、真的嗎！謝謝、真的非常感謝！我帶了些稀有礦石當作伴手禮，還請笑納！陛下對這次的交涉結果十分憂心，所以我先告辭了！往後還請多多指教！」

「…………嗯，也謝謝你。回去路上小心喔。」

使者笑容滿面地深深一鞠躬，愛麗絲也輕輕點頭致意。

使者離開接待室後，愛麗絲喃喃地說：

「……………………彼列大人幹得好。」

「是嗎？其實妳有點頭痛吧？是不是有點後悔叫彼列大人過來了？」

我只是稍微逼問一下，愛麗絲就露出微笑。

「不愧是我的搭檔，願意與我有難同當，我很開心呢。六號，你跟彼列大人認識這麼久，我可以跟你問問那個人的事情嗎？」

「妳問吧。」

愛麗絲抓住我的手臂後，面帶微笑地問道：

「你覺得追著魔獸跑的彼列大人後續會和幾個國家為敵呢？順帶一提，剛才與我們建交的格蘭德．杜布魯也要列為潛在敵國，不用我說你也知道為什麼吧？……搭檔，你怎麼這麼冷漠！這種時候我可不會放過你喔！」

「放開我，搭檔，情況會演變至此，也要歸咎於妳的祕密主義吧！妳平常就該更信任我才對，這樣在情況惡化之前就有辦法阻止了！」

我們開始互相推卸責任，之後才發現這樣只是在浪費時間，於是嘆了口氣。

「使者居然姿態放這麼低，那個人到底幹了什麼好事啊？我太害怕了，根本不敢問。」

「你知道嗎？格蘭德．杜布魯這個國家將堅不可摧的古代遺跡改造成要塞都市，並引以為傲，是不跟任何國家牽扯，獨自前行的強國。這種國家都來低聲下氣地懇求了，情況肯定不堪設想……」

住口，我不想再聽下去了。

「不過，格蘭德．杜布魯必須越過前魔族領地才能抵達，她究竟是怎麼闖到那種地方的？我還以為她一定在森林裡到處亂跑……」

「彼列大人的行動力很驚人嘛。假設尼特族一天只能走一圈，我們戰鬥員一天可以走五圈，那個人一天搞不好可以走到一百圈。換句話說，她的行動力是尼特族的一百倍。」

「你的比喻太爛了，我無法判斷到底厲不厲害。」

無論如何，現在最重要的是彼列可能已經跑出森林。

愛麗絲似乎跟我有同感，臉上露出稍微鬆口氣的表情。

「所幸可以判斷出她的所在位置了。雖然不曉得她幹了什麼好事，至少是嚴重到讓一國急忙派使者前來的程度。趁現在彼列大人在格蘭德．杜布魯稍事休息，我們鎖定位置派搜索隊過去吧。」

聽愛麗絲這麼說，我敢保證一定會立失敗ＦＬＡＧ——

【彼列未歸的三天後】

我們將嚷嚷著「送過去很快，但回來要花上好幾天耶」的雜魚戰鬥員硬是傳送到格蘭德．杜布魯，卻以失敗告終。

派雜魚去當地打聽消息時，彼列似乎將逼近要塞都市的巨大魔獸連同部分要塞一併消滅，丟下一句「去跟如月要修理費」就走人了。

「修理費不成問題。我們派過去的戰鬥員咄咄逼人地說：『幸好只賠掉部分要塞，要是彼列大人拿出全力，災害可不只如此。對了，修理費是多少？』對方就說不用賠償了。」

「為什麼我們的戰鬥員個個都這麼嗆啊？就不能安分點嗎？」

我忍不住開口抱怨。不知為何，坐在床上的愛麗絲露出欲言又止的表情直盯著我。

……這時忽然有一陣慌亂的腳步聲靠近我的房間。房門被用力打開後，一臉驚慌的雜魚戰鬥員說：

「喂，西北的凍土地帶偵測到高熱反應和震動了！這是彼列大人造成的吧！」

「不會吧！」

愛麗絲忍不住驚呼，卻還是重新打起精神對雜魚下令：

「從格蘭德．杜布魯開車要三天才能抵達凍土地帶，她隻身一人到底是怎麼衝過去的……不對，這樣就能鎖定她的所在位置了，這次就用傳送機……」

見識到彼列的驚人行動力後，愛麗絲像在說服自己般喃喃自語。

「喂，六號，我們來打賭。在用傳送機將搜索隊送過去的短暫時間內，彼列大人會不會乖乖留在原地。」

「我當然要賭彼列大人不會乖乖待著啊。」

這樣就賭不成了啊！——聽見我們的爭執，愛麗絲露出欲言又止的表情看了過來。

【彼列未歸的四天後】

雖然將新手雜魚戰鬥員傳送到凍土地帶，最後還是以失敗告終。

雜魚一到現場，就只剩下大量焦黑的魔獸遺骸。

被傳送過去的雜魚傳來無線電，說放眼望去沒有彼列的身影，不知她往哪個方向走了。

根本沒拿到任何線索，難怪是雜魚戰鬥員……

我告訴他們「算了，回來吧」，他們卻提出「我們的惡行點數不夠，沒辦法申請車輛，所以過來接我們」這種麻煩的要求，我就把無線電切斷了。

沒錯，比起搭救戰鬥員，現在應該以搜索彼列為第一優先。

話雖如此，目前沒有半點線索，我也只能像這樣留在基地待命。

派出雜魚戰鬥員的隔天，我在破頭族的臨時據點觀賞蠻族A的神祕舞蹈時……

『這是對戰鬥員六號的社內呼叫！偵測到熱源反應，應該是彼列大人搞的鬼！除了你之外，現在還有兩個戰鬥員留在基地！不趕快送人過去就來不及了，可是無線電完全沒人接！隨便挑個人就好，快把人帶過去！』

因為覺得救援命令很煩，現在在基地小鎮的戰鬥員都把無線電關掉了。

所以無線電完全聯繫不到人，才會像這樣動用緊急廣播吧。

愛麗絲有些惱火的聲音響徹基地小鎮——

【彼列未歸的五天後】

我逮住一個哭哭啼啼滿臉不願的雜魚戰鬥員說「你知道我的惡行點數很少吧」，把他傳送過去，卻還是以失敗告終。

雜魚抵達現場時，看到一個低頭看著巨大隕石坑瑟瑟發抖的蜥蜴人。

雜魚上前詢問，得知有個紅髮女人跑來向荒神找碴。

離隕石坑有段距離的地方似乎就是蜥蜴人的聚落，荒神要求他們每年都要獻祭一次。

這是遊戲中常見的設定，但對此興致勃勃的彼列要求蜥蜴人幫她帶路，之後就遇見了荒神。

一看到彼列，荒神就興奮地說「今年的祭品活跳跳的呢」，彼列拋下一句「我今天就要登上荒神的寶座，你就負責當祭品吧」，把荒神幹掉後就不知道跑去哪裡了。

全程目睹的那群蜥蜴人便把彼列尊為荒神崇拜……他報告到這裡，我就覺得沒必要再聽下去，關掉了無線電。

賣點人情給蜥蜴人雖然是好事一樁，但我還是想把彼列抓回來。

都要怪那些雜魚四處逃竄，離偵測到熱源的時間太久才會這樣。

——但這次就沒問題了。

「喂，愛麗絲，為什麼接下來是送我過去啊！六號也在耶，至少讓我們猜拳決定吧！」

「閉嘴～～！我算是最後的王牌，怎麼能接這種跑腿任務啊！而且每次把你們傳送過去，我的惡行點數就會增加，身為主力的我當然得先累積點數啊！」

我拍拍被鋼絲綁住的雜魚戰鬥員的肩膀，像是在問：「你應該懂吧？」

「開什麼玩笑，被送到各地的戰鬥員都還沒回來耶！既然要送我過去，至少要給最低限度的裝備吧！喂，不要推我！」

我把大吼大叫的雜魚推進傳送機時，忽然發現一件事。

「喂，愛麗絲，偵測到彼列大人的反應才送人過去太慢了。我們來預測下一次的爆炸地點，先把人傳送過去吧。」

「沒想到你這麼聰明，這主意不錯，就這麼辦。」

「辦個鬼啦！六號也就算了，愛麗絲，拜託妳再仔細思考一下啦！」

雜魚開始胡言亂語，但我跟愛麗絲毫不理會，打開地圖預測下一個爆炸地點。

在愛麗絲認真思考時，我拿鉛筆立在地圖上，然後放開。

「我猜是這裡。這是最資深戰鬥員的直覺，肯定不會錯。」

「我認為是這個自治都市周邊啦，但既然是戰鬥員的直覺，就選那裡吧。」

「王八蛋，不要用射鉛筆的方式來決定目的地！自治都市！拜託讓我去自治都市！」

我把最低限度的裝備——營養口糧棒和水拿給痴心妄想的雜魚。

「我會被選為這個星球的派遣戰鬥員，可是用擲骰子決定的！不要任性了，快去吧！」

「喂，等等，至少把綁在我身上的鋼絲——」

我沒讓雜魚把話說完就按下傳送機的按鈕。聽見惡行點數增加的語音後，偵測熱源的探測儀就亮起來了。

發光的地點是在自治都市周遭，換句話說就代表……

「戰鬥員的直覺偶爾也會失常嘛。別在意，下次再猜準一點吧。」

「喂，愛麗絲，妳是不是覺得隨便把人送出去有點好玩啊？」

【彼列未歸的六天後】

「昨天隨便送出去的戰鬥員好像靠自己的力量抵達自治都市了。機會難得，我讓他跟自治都市說明彼列大人的狀況，順便交涉建交事宜。」

「那以結果來說算是大捷嘛，那小子也是有在好好做事。」

我跟愛麗絲在放置傳送機的房間裡向彼此點頭。

「也就是說，能派出去的戰鬥員都沒了耶……」

「別擔心，妳們的實力比戰鬥員弱，所以我會把妳們一起送過去。」

被鋼絲綁住的雪諾跟海涅倒在我們的視線前方。

「你們在說什麼啊！等等，基地小鎮裡之所以看不到戰鬥員……」

「等一下，要是把我們倆送到未知的土地，怎麼可能平安生還啊！」

被綁住的兩人拚命嚷嚷，但我們也準備了足夠的物資給她們。

「水、食物、帳篷、無線電，還有地圖、火柴和指南針……應該沒漏掉什麼吧？」

「這些就夠了，給太多的話就不算是野外求生訓練了。」

……野外求生訓練？

「等等，訓練是什麼意思？我可是葛瑞斯王國最強的騎士，根本不需要這些東西！」

「小女原本可是魔王軍幹部！這種訓練有何意義！」

兩人氣得出言頂撞，愛麗絲無奈地搖搖頭。

「因為最近大家都過得太安逸了，我要讓這些連魔獸都不如的戰鬥員回想起這個星球有多不適合人類居住。」

「那跟我有什麼關係！我雖然是騎士，真要說的話是智慧型的耶！」

「那、那小女也是智慧型……嗚、嗚嗚……」

「妳們的智商跟我差不多吧。」

先不管這兩個，愛麗絲只是覺得傳送人很有趣吧。

這個煉獄般的星球確實很適合野外求生訓練，不愧是真正的智慧型……

「好，就把妳們傳送到米德加爾斯山脈吧，據說那裡是龍族的棲息地。說到龍族就是火屬性，有這麼多同伴，操控火焰的海涅應該會很開心吧。」

「等等，米德加爾斯山脈未免也太遠了！這已經不是單純的訓練了吧！」

「就算屬性相同，小女對龍族哪會有什麼同伴意識啊！等、等……」

……我還在佩服愛麗絲的智慧，她就已經按下傳送鍵了。

「話雖如此，居住在米德加爾斯山脈的似乎都是高階龍族。牠們很聰明，應該不會故意攻擊人類，所以可以放心。第一批送出去的戰鬥員差不多要回來了，這次要把他們送去哪裡呢？」

「妳果然對這個狀況樂在其中吧。」

【然後……】

這段期間不斷有國家和都市提出歸順申請，但昨天難得沒偵測到彼列的反應。

結果今天古爾涅德的使者就來了。

沒錯，就是被雙腳步行的貓型魔獸搶走國寶魔導石的那個古爾涅德。

「虎男先生跟我們的關係被發現了嗎？這下要開戰了。」

「不，他們可能在懷疑，但應該沒有決定性的證據，這樣就還有辦法處理。喏，我們不是把執法機關柊木養了貓型魔獸這件事告訴他們了嗎？他們可能只是想來問清楚一點。」

總之先看對方的態度，再來決定要惱羞成怒還是乖乖道歉。

我跟愛麗絲達成協議後，就將使者邀入接待室——

中場休息②——與他相遇的最初記憶——

「我再問妳一次，那個男人說了什麼？」

我頂著昏沉的腦袋，回答直盯著我的莉莉絲。

剛加入的那個打工男，第一次見到我時就說「友加梨小姐的胸部很讚耶，是怎麼吃出來的啊」……

「馬上扣分了。」

說完，少女就在記事本上寫了些什麼。

「呃，然後呢？那個男的還有說什麼嗎？」

因為這句話，我又稍微把記憶往前推進……

我記得是……「我是來自胸奴星球的胸奴王子，必須定期把奶子放在頭上，不然就會死，所以妳可以幫個忙嗎？」……

「唔～～這要瘋狂扣分。」

……對了，我從小就對這對大胸部充滿自卑。

以前老是因為這個身體特徵被同年級的男生嘲笑、惡整。

我把這件事告訴那個新來的男人後，他就說：「想捉弄喜歡的女孩子，這是屁孩的特性。也就是說，那傢伙喜歡友加梨小姐。」聽了這種離譜至極的話，我覺得有些安慰，只是……

「再繼續聽那傢伙的惡行，就得對他執行減薪處分了。不過在找回妳的記憶時，講有關他的事也是反應最好的……」

…………對了，我從小也對高大的體型充滿自卑。

我覺得讓自己看起來越嬌小越好，所以總是駝著背……

「那我繼續問嘍。那個男人說過的話當中，妳印象最深刻的是哪一句？」

……印象最深刻的話。

那個男人一臉爽朗地對總是駝背的我說了一句話。

他拍拍我的背，逼我挺直背脊後，抬頭看著我說：

「友加梨小姐，妳應該再抬頭挺胸一點，不然很可惜耶。」

——而他接下來是這麼說的。

「難得有這種凶器，還是努力挺胸展現爆乳吧。這樣也能秒殺英雄喔……」

「好，有罪——————！」

第三章

VS虎男！

1

讓古爾涅德使者回國後的隔一天。

「不要不要不要～～！打完龍族受的傷才剛治好，我才不要去什麼古爾涅德！」

我們在基地內的會議室中，向大病初癒的兩隻合成獸告知目的地後，就變成這副德性。

「喂，實習戰鬥員，在如月要絕對服從上司的命令！敢繼續耍脾氣，我可不會放過妳，放棄掙扎吧！」

「少騙人了！隊長，你平常也沒在聽杜瑟小姐講話啊！」

蘿絲一反常態拚命反抗，遺憾的是現在人手真的不足。

「我是被邪惡組織染黑的男人，才可以違反命令。而且我根本不覺得小瑟是上司啊。」

「那、那我也是心腸變黑的女人！因為我昨天搶了破頭族小姐的點心！」

昨天這丫頭被破頭族小妹追著打，居然是做了這種事嗎？

聽了我們的對話，羅素充滿戒心地說：

「欸，我們受傷的這段期間發生了什麼事？至少先解釋一下吧。」

「對啊！古爾涅德就是被虎男先生惡整的那個國家吧！他們派了使者過來，之後我們還得過去，那不就是……！」

蘿絲似乎誤會了什麼，於是愛麗絲對她微微一笑。

「昨天古爾涅德的使者確實來了。他們知道我們殲滅了魔王軍，才來請求我們派遣戰鬥員過去。」

現在這些周邊國家似乎把我們當成受僱於葛瑞斯王國的傭兵集團。

對我們來說，派遣戰鬥員也是求之不得的好事，於是立刻答應了。

「……古爾涅德這個國家也有編列軍隊吧？為什麼還要特地來拜託我們？」

可能是因為最近接受了小學低年級的教育，感覺蘿絲開始具備不必要的智慧了。

或許是想讓蘿絲安心，愛麗絲明明是仿生機器人，臉上卻浮現和藹的笑容。

「其實，搶走古爾涅德國寶的貓型魔獸似乎逃進森林裡了，但他非常擅長打森林戰，所以他們來找成功開拓森林的我們幫忙。」

「……原來如此。假裝我們奪回了被虎男先生搶走的魔導石，再跟他們騙取委託費吧？我從以前就覺得隊長你們真的很喜歡敲詐耶。」

我面容哀戚地對開口吐槽的蘿絲說：

「蘿絲……我們剛認識的時候，妳比現在更直率，也會為同伴著想，明明身材嬌小卻充滿勇氣，可是妳變了。我們也曾懷疑搶走魔導石的犯人是虎男先生，但也還不能篤定就是他幹的好事。就算可能性很低，我跟愛麗絲還是選擇相信同伴。」

「不愧是六號，說得真好。沒錯，如月雖然是邪惡組織，唯獨對同伴相當重視。要是連我們都不相信同伴，那可怎麼辦呀？」

「我的腦袋雖然不太靈光，但也不會被這種演技騙過去喔。而且，只要說服虎男先生把魔導石還回去，事情不就解決了嗎？這樣我們就沒必要過去了吧？」

蘿絲用充滿懷疑的眼神看過來，我也直接不演了。

「對啦，我就是想從虎男先生那裡拿到魔導石，賣古爾涅德人情啦！天底下有這麼賺的委託嗎？正因為是以國家名義提出的委託，報酬多到嚇死人耶。」

「是啊，之所以會帶你們過去，就是要你們在虎男不想還魔導石而鬧脾氣的時候擔任祭品要員。畢竟那傢伙一遇到小蘿莉就會投降。」

我們老實承認後，蘿絲跟羅素便氣得頂嘴。

「祭品要員是什麼意思，到底要我去做什麼啊！」

「如果是這種理由，那我不去！需要小蘿莉的話，派愛麗絲一個人去就夠了吧！」

別看虎男那樣，他其實很難搞。

虎男雖然也很喜歡愛麗絲，但愛麗絲畢竟不是活體蘿莉，所以他不會無條件服從。

「愛麗絲，快把他們抓起來送過去吧。把鋼絲拿給我。」

「是啊，這樣比較快。我去叫杜瑟過來，在那之前你要把他們綁起來喔。」

愛麗絲把鋼絲拿給我之後就離開現場。被留在原地的兩隻合成獸激動起來。

「爛透了，居然來硬的！怎、怎樣，要打架嗎！我們可是有兩個人，不會輸給隊長！」

「豈能讓你瞧不起戰鬥合成獸。要是正面對決，你以為區區人類能贏嗎？」

我手上拿著鋼絲，把對付合成獸的道具往眼前一扔。

「這是蘿絲之前一直很想吃的地球產高級點心。順帶一提，只有一人份喔。」

「喝！」

眼神驟變的蘿絲直接撲向我扔出去的軟管狀點心。

「等等，同族，妳在幹什麼！別管那種東西了，現在先把這傢伙打倒啊！」

「蘿絲，就像我剛才說的，這點心只有一人份。如果妳跟羅素聯手把我打倒，之後就要跟他爭奪點心嘍。妳懂我的意思吧？」

蘿絲將點心緊緊握在手裡，用充滿戒心的視線瞪著羅素。

「同、同族？我不需要什麼點心，妳不必對我這麼警戒。」

羅素雖然感到困惑，仍試圖說服蘿絲。我像是要蓋過他的話般乘勝追擊地說：

「欸，蘿絲，跟我大戰好幾回合消耗體力之後，妳能保證這一人份的點心不會被搶走嗎？是啊，羅素說得沒錯，他跟妳是同族喔。一樣都是合成獸，他居然說自己不需要點心，這話能信嗎？」

蘿絲露出恍然大悟的表情，慢慢與羅素拉開距離。

「不……不能相信……戰鬥合成獸竟然會放棄這個星球得不到的高級點心？實在荒唐至極……」

「哪裡荒唐啊！而且我從以前就想說了，麻煩妳不要拉低戰鬥合成獸的行情好嗎！我又不像妳對食物那麼執著！」

羅素對面露戒心的蘿絲拚命控訴。

我一手拿著鋼絲繞到羅素身後。

「順帶一提，那個高級點心『嘟嚕肉泥』不是給人吃的，所以我不會吃。換句話說，只要跟我聯手打敗羅素，妳就一定能保住嘟嚕肉泥。來，做出選擇吧！要選前魔王軍幹部女裝合成獸，還是我這個長時間並肩作戰的夥伴！」

「如月雖然是邪惡組織，唯獨對同伴相當重視吧？我已經做出選擇了，畢竟我可是祕密結社如月的實習社員，戰鬥合成獸蘿絲！」

「妳絕對不是我的同族吧！合成獸哪有這麼蠢啊！」

我們同時撲向帶著哭腔大吼的羅素——！

——我在傳送機前等了一會，愛麗絲和杜瑟就來了。

「哦，六號，辛苦了。看來已經準備好了呢。」

「這邊隨時ＯＫ。小瑟，之後就麻煩妳防衛基地小鎮和操作傳送機了。」

被鋼絲五花大綁，嘴裡咬著猿轡的兩隻合成獸在傳送機的艙房奮力呻吟，像是在抗議。

我們原本想把杜瑟一起帶過去，但現在基地小鎮的戰鬥員真的少得可憐，還是得備妥緊急時刻的戰力。

也不能因為可以賺到惡行點數，就把這些人接二連三送出去。

跟愛麗絲學完如何操作傳送機後，杜瑟再次看向我們。

「六號先生，因為國王突然駕崩，此刻古爾涅德爆發了王位爭奪戰。請務必小心不要被牽連進去……」

心懷不安的杜瑟說著這種感覺要立旗的話，不過……

「沒事啦，小瑟。畢竟說實話，這局算是穩贏不輸了。我們會無視那些紛爭，盡快完成工作離開國境，妳就安心期待伴手禮，等我們回來吧。」

「是啊，我會好好監視他，不必擔心。基地小鎮就交給妳看守了。」

我和愛麗絲留下這些話後，在依舊不安的杜瑟目送之下……

「唔～～唔！唔～～！」

「誤瑟！誤瑟，救救偶！」

踏入傳送艙房，準備前往古爾涅德——！

2

「喂，愛麗絲，那是幼龍嗎？這個國家的人居然會養這麼嚇人的寵物。」

「又沒有翅膀，與其說是龍族，反而更像蜥蜴吧。古爾涅德盛行龍族信仰，所以也會崇敬相似的生物。」

我們被傳送到古爾涅德，在作為據點的旅店落腳，將蘿絲及羅素丟在房間後，就來到鎮上晃晃，準備對這個國家進行偵察。

看似科摩多巨蜥的蜥蜴到處逛大街，水果店老闆還把攤上的水果扔給靠過來的蜥蜴。

正因為是坐落於山腳下的國家，水資源相當豐沛，比位於荒野的葛瑞斯王國繁榮許多。

從鎮上就能看見米德加爾斯山脈，但山上不見任何樹木，是不是被砍伐殆盡了呢？建築及服裝的風格跟葛瑞斯王國和托利斯沒什麼差別。

愛麗絲觀察熙來攘往的行人，並用日文對我說：

『人口比葛瑞斯王國還要多，而且因為沒有戰火紛擾，男性比例不少。鎮上也有巨大城牆包圍，要侵略可能不太容易。』

『所以連魔王軍都轉而盯上葛瑞斯王國。但從距離來看，那邊也比較近啦。』

我們用日文交談，居民卻毫不在意，可見此處也經常與外商貿易吧。

愛麗絲看著周遭的店家，有些疑惑地歪著頭說：

『這個國家明明鄰近山區，卻沒幾間礦石店耶。應該有好幾種資源沉眠在山脈當中，難道是被挖光了？否則不會想把城鎮設在這種地方吧。』

『會不會這個國家也有某種古代文物？葛瑞斯王國也是因為無法挪動降雨的古代文物，才會在那裡興建城鎮。』

這個星球的國家大多建立在古代遺跡或古代文物周遭。

所以就算古爾涅德國內有這種東西也不奇怪。

『我對古代文物很有興趣呢。雖然針對魔導石做了不少調查，未知要素實在太多了。如果能早點收工，我想再多方調查。』

『我不是要立旗，但這次的工作太輕鬆了。還得找出下落不明的彼列大人，這種簡單的工作就早點解決吧——！』

——聽完委託人的解說，我再次問道：

「不好意思，能麻煩你再說一次嗎？」

這裡是古爾涅德城內的接待室。

我們結束以偵察為名的觀光後，來到王城準備解決這件小差事。只是……

「委託內容是從潛伏於森林的貓型魔獸手中奪回國寶。雖然不問魔獸的生死，若能成功討伐，我們會支付額外的酬勞。」

對我進行第二次說明的人，是一名看似執事的中年男性。

有個不到二十五歲的年輕小姐在他身旁用打量的眼神盯著我們。這人就是古爾涅德王國第一王女——克里斯朵法．莉蒂雅．古爾涅德。

她有一頭金色長髮、氣勢凌人的碧藍雙眼，感覺就像一名執政者。

嗯，到目前為止還算合理。

他們不問貓型魔獸的生死，而我們本來就無意攻擊虎男，所以這樣正好。

我們覺得棘手的是……

「貓型魔獸不但搶奪國寶、擄走年幼的第二王女，還陸續攻擊闖入森林的人。我國騎士不擅長森林戰，只能吞下恥辱向如月提出委託。」

虎男打破了那道不能跨越的防線的瞬間。

那個人終於下手了。

照理來說會懷疑他是被冤枉的，但聽到「年幼的」第二王女那一刻，就完全無法替他護航了。

在難掩動搖的我身邊，愛麗絲露出完美的營業式笑容說：

「了解，我們接受這份委託。無論如何，我們都會驅逐那隻貓型魔獸。」

「咦？不，貓型魔獸終究只是順便……那、那就麻煩你們了。」

對喔，對小孩出手的混蛋，在如月必須接受死刑。

愛麗絲幹勁十足地這麼說，執事被她的氣勢震懾而不斷點頭。這時，從剛才就一直觀察我們的王女終於開口了。

「那位似乎不太能接受呢。」

「……、……？……咦，是在說我嗎？」

話題忽然拋到我身上，讓我有點疑惑。王女殿下對我面露微笑，帶著冷淡的視線說道：

「你不必解釋，我知道你想說什麼。你是不是想問，我們為何從未提及要奪回被擄走的第二王女這件事？」

我只是被同伴真的變成性罪犯這件事嚇到恍神而已。

……我還在思考怎麼開口，王女便勾起自嘲的笑容。

「你們應該曉得這個國家現在發生什麼事了吧？父王陛下忽然駕崩，我這第一王女的派別正在與弟弟第一王子的派別爭奪王位。」

不好意思，我不曉得。

王女殿下似乎把我的沉默視為默認，又露出冷血的笑容說：

「被任命管理國寶的就是我。失去那個魔導石，這個國家就撐不下去了。繼承順位第一的長女犯下國寶遭竊的失誤，要是對手弟弟成功奪回國寶，你們覺得王位會落入誰手中呢？換句話說……這起事件的幕後黑手就是弟弟。」

不好意思，妳應該猜錯了。

「弟弟性格天真，居然能想到這個妙招。不但能把我逼退，若再將他奪回國寶一事大肆宣傳，王位就非他莫屬了。會擄走妹妹也是基於保險，因為妹妹有第三順位的繼承權。我還以為他不會做出傷害妹妹的事……」

妳妹妹現在應該毫髮無傷，被保護得好好的吧。

「再說，魔導石不是食物，又放在警備森嚴的地點，魔獸哪有理由特地潛入盜取呢？而且明明有吃起來更有口感的人類，為什麼要擄走年幼的妹妹？若不是弟弟使喚魔獸做這些事，根本沒辦法解釋。」

不好意思，我們就可以解釋得清清楚楚。

「話雖如此，我不明白弟弟是用什麼方法攏絡魔獸。如此一來，連彈劾都沒辦法……不過，我們收到了這個東西。」

王女使了個眼色，執事就從胸口處拿出一封信放在桌上。

「這是葛瑞斯王國送來的信，信上寫著：有一群自稱『執法機關柊木』的人侵略了托利斯王國，還使喚貓型魔獸攻擊葛瑞斯王國。」

「是呀，當時真的太可怕了。那些人忽然闖進葛瑞斯王國，在鎮上到處惹事。」

「對啊，我們有個名叫杜瑟的幹部還被他們打成重傷呢。」

聽了我跟愛麗絲的答腔，王女臉色變得凝重，彷彿在說「果然沒錯」。

「其實執法機關柊木那個組織的人，現在也來到這個國家了——」

3

——站在古爾涅德城會議室前的我與愛麗絲踹開門後就直闖進去。

「喂，亞德莉，給我出來！妳在這裡做什麼！」

「噗！」

我們走進會議室後，正在喝茶的亞德莉就把嘴裡的東西噴了出來。

房裡還有個銀髮青年在和亞德莉談話，他嚇得愣在原地。看到突如其來的闖入者，負責警衛的騎士也將手搭上劍柄。

「六號？你、你怎麼會在這裡！」

亞德莉用手帕擦掉嘴邊的茶並站了起來。

「我們是戰鬥員，原因當然只有一個。為了搶回被貓型魔獸奪走的國寶，我們接下了戰鬥員的派遣委託。」

「我才想問妳在這裡做什麼呢。繼托利斯之後，你們打算連這個國家都併吞嗎？我們從王女殿下那裡聽說了，各式各樣的黑料滿天飛啊。」

看到我們忽然現身找碴，亞德莉驚慌地說：

「這、這是誤會！貓型魔獸強奪魔導石這件事，莫名其妙變成我們背鍋，我是為了證明清白才來的！」

「沒、沒錯！我們派使者過去後，亞德海特小姐得知古爾涅德的窘境，才特地趕來幫助我們拿回國寶！不知為何，姊姊莉蒂雅居然懷疑我是幕後黑手，但絕對沒有這回事！」

跟在亞德莉後頭繼續解釋的人，是剛才正在與她商議的青年。

這人應該就是莉蒂雅的弟弟吧。

「可是王子殿下，這傢伙在葛瑞斯王國做盡了壞事耶。她自稱正義的夥伴，擅自在別人的國家到處取締。都是因為她讓貓型魔獸脫逃，我們善良的女上司才會身受重傷。」

「對啊。聽說這個國家的第二王女被綁架了，這個女人有誘拐未成年少年的前科耶。」

聽了我們這番話，王子神色不安地抬頭看向亞德莉。

「……亞、亞德海特小姐？」

「不不不不、不對……！雖然這是事實，但只是誤會一場！他們說的是事實，不過其中牽涉到很複雜的因素！」

這傢伙是清白的，我們比誰都清楚。

「哦，惡事做盡的亞德莉啊！妳跟王子殿下的派別好像走得很近呢，這樣算是干涉內政喔！」

「王子殿下，小心點，這傢伙有侵略托利斯王國的前科。若你登上王位，天曉得她會提出什麼要求逼你報恩呢。」

「…………………」

「等一下，馬帝亞王子！拜託您說句話好嗎！說到底，因為貓型魔獸一事派使者前來本機關的不就是您嗎！在使者過來之前，我們也對這場騷動一無所知啊！您可以對我使用測謊水晶球！」

在亞德莉的說服下，名為馬帝亞的王子才回過神來。

「也、也對，和亞德海特小姐見面的使者也說妳表現出很意外的樣子……」

「用說的誰不會啊。測謊器的準確度我們可是一清二楚，我看妳早就準備了好幾個想蒙混過關吧。」

見愛麗絲趁亂插嘴，亞德莉拿出某個東西放在桌上。

「執法機關柊木的水晶球系列第二彈，真實判別水晶球！」

我用手指推倒亞德莉拿出的水晶球後說：

「我知道這玩意兒，跟那種說謊就會嗶嗶叫的魔道具很像，我在其他地方有看過。」

「我現在就要說明了，給我仔細聽！這個原理跟業力測定水晶球相同，如果所言並非事實，水晶球就會漆黑混濁。我先試一次給你們看看，你們就儘管撒謊吧！」

可能是為了博取王子的信任，亞德莉一反常態拚命爭辯，將手放上水晶球。

「請相信我，馬帝亞王子，我們與搶奪國寶的魔獸無關。而且我真的是為了證明清白，才會來到這個國家！」

亞德莉直盯著王子殿下，理直氣壯地這麼說，結果水晶球發出了亮白的光芒。

「亞德海特小姐……這樣就夠了，我就相信妳吧。呃，雖然對前來提出忠告的你們有些抱歉……」

王子殿下還沒說完，我跟愛麗絲就把手放上水晶球。

「其實我是從遙遠星球來侵略這個世界的改造人。」

「我是人工打造，類似魔像的存在，連人類都不是。只要受重傷就會自爆，將這附近全部化為焦土，還請小心留意。」

我們說的話離譜至極，水晶球卻持續綻放光芒。

「……你、你們幾個……難道不是在撒謊……」

見狀，亞德莉和王子都嚥了口水。

「明明是賭上人類命運的重要任務，我卻只能領超低月薪被瘋狂壓榨，還只是個小員工。我的拿手絕活是將塞進鼻孔的花生射向瞄準的方向。」

「我的特技是在一分鐘內算出圓周率小數點後的八十兆位數。來侵略這顆星球的成員中，有人想在公主殿下的閨房拉屎，有人接獲間諜任務派遣至敵營，竟然擅自在司令官的浴室洗澡，過得爽歪歪……」

「亞德海特小姐，這個水晶球壞掉了。」

「不、不對，我猜他們說的都是事實……怎麼可能啊，真對不起！」

水晶球的性能遭到質疑，亞德莉哭喪著臉大聲控訴。

亞德莉被王子充滿疑心地盯著看，便對我們拋出求救的目光。

可能是於心不忍，愛麗絲有些無奈地開口說：

「喂，亞德莉，我國有這麼一句話：正義終將勝利。既然妳整天把正義兩字掛在嘴邊，如果妳真的是正義的夥伴，就戰勝我們給大家看。從貓型魔獸手中搶回國寶的人就是代表正義的勝者，這樣簡單明瞭的方法還不錯吧？」

「……原來如此，要賭上正義之名一決高下是吧？好啊，再好不過了！」

這種比拚在少年漫畫裡很常見，卻似乎觸動了亞德莉的心弦。

「如果你們贏了，應該會提出某些條件吧？那種我沒辦法輕易妥協的下流要求……！」

亞德莉抱住自己的身體頻頻後退。

「那……如果我們贏了，就把妳定為惡人處死好嗎？」

「好個屁！拜託手下留情一點啦！」

愛麗絲說的這句台詞像極了對主角下離譜戰書的邪惡反派——

4

回到住處後，我們對依舊被五花大綁躺倒在地的兩隻合成獸說明事情原委。

「——就是這樣，情況有變。我們的討伐對象是前祕密結社如月幹部，蘿莉怪人虎男，必須不擇手段將他抹殺。」

「愛麗絲小姐，不好意思，我聽不懂妳在說什麼。」

「呃……那個人真的犯下這種滔天大罪嗎？是不是有什麼隱情？」

聽完我們的說明，兩隻合成獸都露出困惑的表情。

「在如月，只要對孩子出手就要處以極刑。你們似乎跟虎男滿親近的，應該知道他是什麼樣的人吧？」

「我是覺得虎男先生遲早會下手。因為他之前很認真地找了如月的顧問律師諮詢，在其他星球犯法適不適用地球的法律。」

聽了我們的勸告，早就被虎男的魔手收買的兩人說：

「你們不是虎男的夥伴嗎？多相信他一點吧。坐下來談談也沒辦法解決嗎？」

「對啊，別看虎男先生那樣，他對小孩子很有風度耶。而且我們根本打不贏虎男先生。就照羅素先生的提議，先聽聽看他的說法吧。」

對方是號稱最強怪人的虎男，少了這兩人的協助，光靠我們實在太不利了。

我和愛麗絲互相用眼神示意並點點頭……

「你們都說到這個分上，那就沒辦法了。就當作虎男這麼做是有原因，先往好好商量這個方向執行吧。」

「真是的，就讓你們任性一回，下不為例喔。」

見我們無奈地聳聳肩，蘿絲及羅素都露出了笑容——

『——警告！潛伏中的性罪犯怪人虎男！只要你乖乖現身，我就用那種注射幫你處死，讓你不必受苦！若是不出來，我就把你交給制裁部隊，還要將你處死！』

愛麗絲拿出大聲公，用日文對著古爾涅德附近的廣大森林大喊。

虎男聽力這麼靈敏，應該聽得見才對……

「喂，愛麗絲，感覺他根本不想出來耶。差不多要改用B計畫了吧？」

「是啊，看來虎男無意與我們好好商量。我們已經盡了最大的努力，也履行和蘿絲跟羅素的承諾了吧？」

「難道兩位要堅稱剛才的喊話是『好好商量』嗎？」

既然我們勸說無果，之後就要來硬的了。

「那麼羅素，你之後可要好好表現喔。」

「呼唔～～！嗯～～！嗯～～！」

從剛才就被五花大綁的羅素咬著猿轡不知在喊些什麼。

「畢竟虎男先生的弱點就是蘿莉。你們要求先跟虎男聊聊，我們也接受了，這次換你們聽聽我們的要求了。」

「沒事，儘管放心吧，那傢伙一定會來的。啟動B計畫準沒錯。」

「辣個才不四好好商娘！」

在羅素拚命搖頭控訴時，愛麗絲再次對著大聲公喊道：

『警告！潛伏中的虎男！蘿莉合成獸現在在我們手上！你要是再不現身，我就逼羅素去可以隨便亂摸的女僕咖啡店工作！』

〈惡行點數增加。〉

聽到惡行點數增加的語音，我在愛麗絲身旁難掩喜色。蘿絲露出有些傻眼的表情說：

「我聽不懂愛麗絲小姐在說什麼，但應該不是什麼好事吧。」

「剛才她不是叫羅素之後要好好表現嗎？那只是要讓羅素去咖啡店工作。因為虎男先生對獵物的執著程度跟怪人熊女小姐不相上下……」

就在此時——

忽然有人將某個東西往我們腳邊丟了過來——

我閉上眼睛抱起愛麗絲往旁邊一跳，一道閃光便隨著巨響射過來。

「呀～～！我的眼睛～～！」

蘿絲大喊一聲，雙手摀著臉跌倒在地。但閃光彈讓我產生耳鳴現象，所以沒聽清楚她在說什麼。

有個龐然大物從森林深處衝了出來。

被我抱在懷裡的愛麗絲對準往這裡直衝而來的龐然大物發射散彈槍。

衝出森林的龐然大物——虎男只用單手遮著眼睛，無懼散彈威脅，繼續逼近。

我一手抱著愛麗絲，用另一隻手拔出手槍——！

「不准動——！」

〈惡行點數增加。〉

接著將槍指向跟蘿絲一樣雙眼被灼傷，不停掙扎的羅素。

對羅素疼愛有加的虎男立刻停下動作，喃喃說著：

「……你這傢伙，羅素喵平常都會煮飯給我們吃，再怎麼說也不能這樣喵。」

「我現在耳鳴，聽不懂你在說什麼。」

從我的手臂當中鑽出來的愛麗絲拿出一支針筒說：

「好，放棄抵抗吧，虎男。至少我會讓你一路好走，沒有一絲痛苦。」

「我很欣賞愛麗絲喵的果斷，但一上來就處刑也太誇張了喵。」

待聽力恢復後，我先把逼近虎男的愛麗絲擱在一邊，向虎男問道：

「虎男先生，你怎麼會闖下這種大禍？『鍾愛蘿莉塔，禮貌不出手』的精神到哪裡去了？至少臨死前不要做無謂的掙扎，帥氣地離開這個世界吧。」

「不管三七二十一就直接衝過來殺人，果然是如月的作風喵。我先發誓，我沒有對擄來的娜蒂雅喵做出犯罪行為喵。」

誘拐本身就算是滔天大罪了。

「而且你們在這裡做什麼喵？城鎮防衛和開拓工作怎麼辦喵？」

「你在說什麼啊，因為虎男先生幹的好事，我們才接到討伐貓型魔獸的委託耶。總而言之，把你搶走的國寶和娜蒂雅喵還給我們吧。」

虎男似乎無意交戰，我便收起手槍催促道。結果虎男斬釘截鐵地說：

「才不要喵。」

愛麗絲默默地射出針筒，虎男卻靈巧地躲開了。

「少在那邊耍賴，混帳蘿莉控！不希望我把如月制裁部隊喊過來的話就快點交出來！只給魔導石也行！」

對方的確說搶回國寶是第一優先，但這時候應該先把娜蒂雅公主救回來吧。

……這時，剛才一直在地上打滾的蘿絲搖搖晃晃地站了起來。

「我覺得虎男先生不是會無緣無故擄走女孩的人。應該是有什麼原因吧？」

「我去偷魔導石的時候，覺得她一個人很寂寞，就把她帶回來了喵。」

蘿絲深吸一口氣，朝虎男噴出火焰。

虎男當場跳開，成功避開了火焰。而我對他提出了妥協方案。

「虎男先生，你聽我說。其實我們正在跟一群叫作『執法機關柊木』的人比賽誰能搶回國寶。你能不能先把國寶交給我們就好？」

「……是啊，雖然我真的很想把你處死，不過總之先用這個條件妥協吧。等我們交出國寶領到報酬後，你要再把國寶搶回來也行，隨便你。」

這些話固然惡劣，反正我們是邪惡組織，這個國家的困難根本……

「辦不到喵。」

…………………

「把虎男圍住，再拿一大堆那種針劑過來，所有人一起射過去。」

「冷靜點，愛麗絲喵，我說的是『辦不到』，不是『才不要』喵。因為……」

虎男從口袋裡拿出裂成兩半的寶石說：

「你們看，我沒顧好，魔導石就裂開了喵。」

「你在搞什麼啊？」

——我們圍著放在地上的魔導石，決定暫時休兵好好談。

「我先用黏著劑黏起來了，但要怎麼處理啊？」

將魔導石復原的愛麗絲緊盯著魔導石，並戳了戳接合處。

眼前的魔導石約有成人拳頭的兩倍大，具有鮮紅色澤。

「乍看之下看不出修復的痕跡，直接交出去應該能過關吧？」

我提議直接交回去時，蘿絲就舉起手發言：

「不能乖乖說出魔導石裂開的事，再準備替代品交回去嗎？比如會用魔法的羅素先生的魔導石，畢竟是前魔王軍幹部的東西，尺寸應該不小吧……」

「嗯嗯嗯嗯～～！嗯～～！」

聽了同族的發言，羅素拚命哀號。虎男則搖搖頭說：

「我聽娜蒂雅喵說，古爾涅德使用的魔導石似乎很特殊喵。羅素喵的魔導石是藍色水屬性，應該行不通喵。」

聽了虎男的說詞，蘿絲忽然想到一件事。

「對了，虎男先生，娜蒂雅小姐現在到底過著什麼樣的生活？她好歹是公主殿下，在森林裡生活應該很辛苦吧？」

「她每天都舒舒服服地住在如月送來的行動住宅裡，不但超愛地球產的料理，餐後的高級甜點也讓她非常感動喵。」

蘿絲鬆了口氣，並露出笑靨說：

「原來如此，這樣我就放心了……對了，公主殿下應該需要女性管家或護衛吧？比如我就很適合這份工作。」

「蘿絲，妳只是想吃美食而已吧，意圖太明顯了喵。要找管家的話，我要把會做家事的羅素喵帶走。」

說完，虎男就將被牢牢綁住一臉絕望的羅素抱進懷裡。就在此時——

「到此為止了——！」

忽然現身的亞德莉用發出藍白色光芒的腳對虎男使出飛踢。

她從空無一物的空間忽然現身，可見她的衣服也裝備了光學迷彩吧。

原以為虎男躲不過亞德莉的突擊，但他立刻拿出東西當成盾擋住了。

眼見自己的突擊被擋下來，亞德莉指著跳離原地的虎男說：

「邪惡的魔獸，你不但綁架未成年少女，甚至還對少年伸出魔爪！就由我這執法機關的使徒——鈍色亞德海特來對付你！」

她剛才應該是躲在某處偷聽我們說話，但從這個情況來看，她並沒有發現我們之間的關係。

「妳幹嘛忽然跑出來啊。妳自稱正義的夥伴，怎麼可以偷襲呢？」

「正義固然可貴，人命更重要。為了救少年一命，我甘願背上卑鄙小人的汙名。」

亞德莉露出爽朗的笑容，表示她不後悔這麼做，但所有人的視線都移向他處……

「魔導石碎了耶。」

蘿絲這聲低語讓亞德莉停下動作。

「……不是，我只是想把被魔獸抓走的少年救出來。」

原來如此，這傢伙以為是虎男把羅素綁起來的。

被鋼絲捆住全身，嘴裡還咬著猿轡的羅素，看起來確實充滿犯罪氣息……

『喂，六號，這個忽然跑出來弄碎魔導石的女人是誰啊喵。』

虎男用日文向我問道，但要是被發現他是如月的人就糟了。

我還在思考該怎麼回答，靈機一動的愛麗絲就說：

「之後再來追究亞德莉。六號，用閃光彈讓貓型魔獸暈眩吧。」

「哦，魔獸害怕聲音和強光，搞不好會被聲音嚇得逃之夭夭喔。」

『所以等六號丟出閃光彈，我就要逃進森林裡喵？』

我們說得像是貓型魔獸聽不懂人話似的，虎男也用日文這麼嘀咕。

「聽說這個魔獸很強，不過我跟你聯手對付應該能解決吧？與其把他嚇回森林裡，不如現在就靠大家的力量把他收拾掉……」

見亞德莉開始亂出主意，虎男故意秀出羅素給我們看。

「唔，羅素被當成人質，我們沒辦法出手啊！」

「哇、哇——如果貿然攻擊魔獸，羅素先生會怎麼樣啊——……」

「妳是要我們拋下羅素不管嗎？亞德莉，我真是錯看妳了。」

我們的演技讓亞德莉連忙搖頭。

「才、才沒有！也對，少年的性命才是第一優先！好，就用這個作戰方式吧！」

沒等亞德莉說完，我就扔出了閃光彈——！

5

「……總而言之，貓型魔獸擄走我們的同伴當人質，又逃回森林裡了。而且最重要的魔導石……」

愛麗絲和我都用食指指向下跪謝罪的亞德莉。

「「被這個女人弄碎了。」」

「抱歉！對不起！真的非常抱歉！」

要求與委託者見面後，我們就被帶往接待室……

「哎呀，是嗎？魔導石被弟弟拉攏的人……這可真是不得了了呢！」

「唔唔唔唔唔唔唔唔……！」

在接待室聽了我們的報告後，莉蒂雅露出勝券在握的笑容，一旁的王子則發出懊悔的呻吟。

對正在爭奪王位的莉蒂雅來說，應該相當樂見敵對派別失誤吧。

「所以我不是說了嗎，王子殿下，這個女人不太正常啊。」

「喂，妳怎麼這麼蠢啊！快給我道歉，說妳不該弄碎魔導石，不該活在這個世界上！」

「我不該活在這個世界上，我是個沒用的女兒，對不起生下我的媽媽！可是請聽我解釋！我只是想救出被抓走的少年而已！沒想到事情會變成這樣……！」

這個女人應該是看到羅素被綁，以為我們的同伴被貓型魔獸擄為人質身陷危機，才會啟動服裝的潛伏機能發動偷襲吧。

雖然沒成功說服虎男，但有人替我們扛下弄碎魔導石的罪行，也算是完美收場了。

「那、那個！聽說少了魔導石，這個國家就沒辦法運作了，那現在豈不是很危險嗎？別抓戰犯了，先思考怎麼解決魔導石的問題吧……」

看到亞德莉哭著賠罪的模樣，可能是良心過不去，蘿絲轉移了話題。

聞言，亞德莉像是得救似的抬起頭來。

「是、是呀！現在最重要的是魔導石！莉蒂雅公主、馬帝亞王子，這次的意外我真的深感抱歉。我會盡快派使者回柊木，準備替代用的魔導石……」

「我國所需的魔導石性質特殊，妳真的有辦法準備嗎？我們要的是魔力傳導率最高的紅色魔導石。想取得這種魔導石，妳只能去獵殺最高階的龍族了。」

聽了莉蒂雅的回答，臉色凝重的亞德莉不知為何用求助的眼神看向我們。

「她說最高階的龍族耶……」

「看我們幹嘛，才不幫妳呢。我們本來就是接了委託，才會去討伐貓型魔獸，拿回魔導石。」

「對啊，連之前那隻攻擊基地小鎮的低階龍族都很難對付了，再繼續玩下去就不划算了，妳就扛起責任想辦法處理吧。」

被我們切割的亞德莉沮喪地低下頭，隨後又馬上抬起頭，似乎發現了什麼。

「對了，這裡是古爾涅德，位於米德加爾斯山腳下的國家！這附近應該有古代遺跡！」

聞言，莉蒂雅和王子百思不解地看向彼此。

「確實是有古代遺跡啦……但那一帶幾乎每個角落都被探索過了耶。」

「而且因為長年棄置，現在應該變成了魔獸的棲息地……」

兩人言下之意就是「去那個地方做什麼」，亞德莉則露出笑容。

「那座遺跡有一扇密門，只有我們這些世界管理者才能開啟。最高品質的紅色魔導石應該被保管在那扇門後。」

亞德莉充滿自信的態度讓我好奇地問：

「那種東西怎麼會收在那種地方？」

我也很想知道這傢伙為什麼會知道這件事。

「跟這個國家建國的理由有關。這件事說來話長，如果你不介意——」

「那就算了。」

亞德莉臉上寫滿落寞，可能是希望我聽她說吧。

這時，方才一直默不作聲的王子不懷好意地笑道：

「我僱用的亞德海特小姐要幫我拿到魔導石了，這可是讓王位繼承戰分出勝負的一大功績啊。」

聽到這句話，莉蒂雅用力拍桌站起身。

「啥！弄碎魔導石的也是這個女人耶。功過相抵，哪算得上功績啊！」

「沒錯，功過相抵了！可是姊姊，妳讓魔導石被盜的罪過應該是負分吧！」

兩人開始上演難看的姊弟鬩牆時，我對愛麗絲使了個眼色。

「那我們先告辭了。」

「抱歉沒能完成委託。若沒有執法機關柊木妨礙，結果應該大不相同。喂，亞德莉，我們要向妳索取這段時間花的經費。」

「這價格是什麼意思！等、等一下，我沒有這麼多錢……！」

看了愛麗絲放在眼前的請款單，亞德莉不禁瑟瑟發抖。

「請留步，話還沒說完呢。」

正當我們起身準備離開時，莉蒂雅把我們叫住了。

「呃，我們已經無能為力了。妳該不會要叫我們去獵殺龍族吧？」

「我不會說這種話……不過，應該有別的方法吧？簡單來說，你們只要比那個女人更早拿到魔導石就行了。」

說完，莉蒂雅露出無懼的笑容，王子這才猛然回神。

「姊姊！妳是在教唆這些人從亞德海特小姐手中搶回魔導石嗎！這種事要是被人民知道了，會失去民心啊！」

「聽不懂你在說什麼，我只是不擇手段，只看結果而已。我只說把魔導石帶過來就會支付報酬……而且就算他們真的搶走魔導石，你又要如何證明？」

莉蒂雅修著指甲，同時對我使了個眼色，像是要我聽出她話中的意思。

「姊姊，妳真的壞透了！既然妳要這樣搞，我也有對策！」

「王族本來就要有點黑心！看看葛瑞斯干國吧，本來只是個孱弱小國，但在黑心公主上位後就開始蓬勃發展。我不是叫你變得像她那樣滿肚子壞水，但國家不需要天真又善良的國王！」

喂，緹莉絲，妳在其他國家被說得超難聽耶。

「負責交涉的這位小姐，妳叫愛麗絲對吧？請妳仔細想想，現在賣人情給我對你們也有好處。而且你們賴以為生的傭兵事業，也很講究信用吧？」

戰鬥員派遣業只是為了獲得當地資金與敵國情報的副業，不過聽了莉蒂雅的建議，愛麗絲不禁陷入沉思。

若放著亞德莉不管，王子勢必會登上王位，和柊木之間的交情也會加深。

「六、六號？我們現在姑且是休戰關係喔。你們應該不會接下這個工作吧？」

「呃，妳的實力滿強的，又很難搞，我是沒什麼意願啦……」

聞言，亞德莉鬆了口氣，露出安心的模樣。

「不過如果你們不接這份工作，我就會跟周邊各國宣傳說如月是拋下委託落荒而逃的弱小傭兵。為了登上王位，我可是不擇手段！」

「姊、姊姊……」

這位姊姊，弟弟快被妳嚇死了。

6

尚未給出答覆，先行回到旅店的我們躺在旅店附的沙發上商談今後的對策。

「怎麼辦，愛麗絲，要無視委託回去基地嗎？虎男先生就直接讓他回歸大自然？」

「這本來是一份輕鬆的差事，卻越來越不划算了。然而現階段要是她向周邊各國亂放風聲，說我們是弱小傭兵，那也不太妙。雖然因為彼列大人到處肆虐，有好幾個國家和都市向我們提出歸順要求，此時若暴露弱點，他們應該會轉而與我們為敵。」

這麼說來，還有這方面的問題啊。

「而且我也不想輸。看柊木那群人在這個國家吃得這麼開，我覺得很不爽。但我又不想做白工。」

「妳明明是仿生機器人，討厭的事情也太多了吧。」

可能是因為學習能力強，和剛認識時相比，這丫頭越來越像人類了。

「話說，如果問我要支持莉蒂雅公主還是馬帝亞王子，我肯定選公主。馬帝亞王子的性格太清高了，跟我不合，公主的話我應該就能靈活應對。」

「黑心王族有緹莉絲一個就夠了啦。」

……這時，我發現蘿絲的樣子不太對勁。

「妳是不是在發抖啊？怎麼回事，營養口糧棒吃完了嗎？」

「不是，好像有某種超強生物正往這裡靠近…………那個，『營養口糧棒吃完了』是什麼意思？你定期拿給我吃的那個東西裡加了什麼奇怪的成分嗎！」

看到蘿絲在床上用被單裹住自己頻頻發抖，我和愛麗絲都不解地歪著頭。

「是不是有新的大型魔獸在接近？」

「這樣鎮上居民應該會鬧翻天吧。對付砂之王的時候她也沒這種反應，那會不會是剛才聊到的最高階龍族……」

愛麗絲話說到一半——

旅店外就忽然傳來爆炸聲響，同時還有一陣慘叫。

我們疑惑地從窗戶往下一看，發現路上出現一個巨坑。有個小混混跌坐在巨坑前面瑟瑟發抖，可能是找某人挑釁卻被反擊吧。

當附近居民慌張地過來一探究竟時，我聽見有人走上旅店樓梯的腳步聲。

那個腳步聲在我們房間前停下來後，房門就被用力推開——

「六號，幫我放洗澡水！」

劈頭就喊出這個命令的人，正是行蹤不明的彼列。

「放什麼洗澡水啦，妳之前到底在哪裡瞎晃啊？最高幹部居然在尚未開發的敵營迷路，一點都不好笑耶。」

「我哪有迷路，這是單獨作戰行動。」

這個人只要一跟同伴走散就會迷路，但每次都死不承認。可能是經常在野外活動的關係，彼列渾身沾滿了泥沙和灰塵。

「作戰行動？妳到底是在做什麼啊？託妳的福，我們這裡可是亂成一團，好多地方都派使者過來想求和跟歸順了。」

「我只是殺殺魔獸，把挑釁我的傢伙打得稀巴爛而已，根本沒幹什麼壞事，也沒聽見惡行點數增加的語音啊。」

「雖然我也沒資格說別人，還是不要用惡行點數來判斷善惡吧。」

不知道她怎麼會忽然出現在這裡，但能解決一個問題還是謝天謝地。

找到彼列後似乎鬆了口氣的愛麗絲說：

「不過在這短短幾天，派親善使者來如月的國家就有兩個，提出歸順要求的聚落也有五個。彼列大人，妳到底幹了什麼好事？就算要侵略，人力也遠遠不足吧。」

聽了愛麗絲的抱怨，彼列有些害羞地搔搔頭說：

「需要洗澡或上廁所的時候，我發現城鎮就會闖進去。然後我到處威脅居民，逼他們把如月的情報告訴我，結果引發了不少糾紛，我把他們痛打一頓之後，就變成這樣了。」

「居然是因為由洗澡和上廁所引發的一連串糾紛被迫歸順，未免太丟臉了吧。」

原來如此，她剛才就是威脅了外面那個小混混，才會知道我們住在這間旅店吧。

「彼列大人，總之妳辛苦了。那妳要先洗澡？先上廁所？還是去幹掉虎男先生呢？」

「我要先上廁所再洗澡……你說要幹掉虎男？那小子闖禍了嗎……對了，六號，在那邊發抖的東西是什麼？」

彼列的視線前方，有一坨正在瘋狂發抖的床單。

「喂，蘿絲，這個人是如月的最高幹部彼列大人。她不是敵人，妳儘管放心。」

她會抖成這樣，應該就是因為彼列吧。

蘿絲從被單裡偷偷探出頭，但還是不敢跟彼列對上視線。

「我的合成獸本能警告我不能靠近彼列大人。」

「妳平常明明活得像隻毫無危機感的小狗，別在這種時候才裝出合成獸的樣子。」

初次見面的彼列似乎對蜷縮成一團的蘿絲充滿好奇，還隔著被單戳她，讓她嚇得發抖。

「我聽說過妳喲。不管吃下哪種生物，妳都能獲得那些生物的力量嗎？」

「是、是的……但也要吃多一點才行，否則沒有影響。」

聞言，彼列一臉認真地點頭。

「喂，六號，讓她吃蚱蜢，要把一整座二十五公尺泳池塞滿那麼多喔，請如月本部送過來。」

「這個星球上也有蚱蜢，麻煩您在這附近抓好嗎？我的惡行點數不多，不想浪費在蚱蜢身上。」

「為什麼如月的人都要逼我吃蚱蜢啊！」

就在蘿絲帶著哭腔大吼大叫時，我忽然發現一件事。

「彼列大人，妳的小型傳送機呢？」

「我什麼也沒做，它就壞掉了。我覺得礙手礙腳，就把它扔了。」

彼列這句話說得簡直就像把公司電腦弄壞的大叔上司。如月分發的傳送機也已經不在她手上了。

大概是在戰鬥中被弄壞的，難怪會聯絡不上她。

在沒有補給物資和金錢的狀況下，這個人到底是怎麼活下來的？

「對了，你們怎麼會在這裡？是來侵略這個國家嗎？」

彼列有些不解地問。我正在跟如月申請毛巾，同時回答：

「這件事說來話長，妳還是先去洗澡吧。彼列大人身上已經有女體的味道了。」

「不、不准說我身上有女體的味道！」

中場休息③——與他共度的深夜桃色記憶——

「我們再把時間往前推一點，就回到那個男人被趕出公寓後寄宿在妳家的那段時期。跟那傢伙住在一起，有沒有遇到什麼困擾？」

我慢慢啟動昏沉的腦袋，回想當時的往事。

第一次將無家可歸的他留在家裡過夜的那晚，明明房間離得很遠，我卻緊張到睡不著。

明明管家阿菊也在，不是孤男寡女共處一個屋簷下的狀態。

但不知為何，那晚我就是輾轉難眠……

「……這、這樣啊。妳為什麼睡不著？那傢伙對妳做了什麼嗎？」

對我做了什麼……？是什麼事呢……啊啊，他確實對我做了什麼。

沒錯，我記得是收留他過夜的隔一天。

那天他被英雄陣營的柔戰隊獸連者打得落花流水，但他想要變得更強，於是拜託我陪他訓練……

我好像一整晚都在和他進行名為寢技的特訓……

「寢技？妳和那傢伙一整晚都在做寢技特訓？……不，等一下，妳說『名為』寢技的特訓？妳整個晚上都在跟他做什麼啊！」

……嗯，那確實不是寢技的訓練。

不對，一開始我真的是想教他幾招寢技。

可是他筋骨僵硬，甚至沒辦法伸展，我認為他當下最需要的是柔軟度。所以為了讓他劈開雙腿，我壓著他的背，幫他放鬆肌肉繃得硬梆梆的大腿。

「喂，怎麼說到這裡就沉默了？妳真的想起什麼了嗎！」

伸展……對，我們兩個一整晚都在做伸展……

「這哪是伸展啊！伸展是暖身運動耶！你們做了整個晚上直到大亮，已經是大人的伸展了吧……！」

對了，我當時有點意氣用事，堅持要幫他放鬆僵硬無比的身體。

所以與其說伸展，不如說是整骨治療了。

「喂，拜託妳從實招來。你們是不是做了色色的事？仔細想想那傢伙對妳說了什麼，我聽台詞就能判斷出當時的真相！」

最後，那個人看著滿身大汗的我說：

「友加梨小姐，妳變得好性感啊，渾身充滿女體的香氣……」

「阿斯塔蒂！快過來啊啊啊啊——！」

第四章

請投下公正廉明的一票！

1

在替代基地功能的旅店中，我終於把事情的來龍去脈解釋完了。

洗完澡的彼列盤腿坐在床上，把用床單裹住全身的蘿絲放在腿上，像玩偶一樣抱緊她。

彼列一臉認真地聆聽，中途還不時點頭。聽到最後，她用力點頭說：

「原來如此，我完全理解了。總之我就是要驅除虎男吧。」

「彼列大人，妳真的聽懂了嗎？我覺得事態已經演變得太過複雜難解了，妳怎麼忽然變得這麼聰明？」

現在情況這麼複雜，這個人居然能聽懂，讓我大受衝擊。

「反正就是拿到魔導石的人就能登上王位吧？我很想當當看國王耶。」

發現她完全沒搞懂後，我稍微鬆了口氣。

「彼列大人拿到魔導石也不能當上國王啦，妳又沒有繼承權。」

我試圖搬出大道理勸說，彼列卻神情嚴肅地說：

「如月的人怎麼能說不行呢？只要不輕言放棄，夢想就一定會實現。」

「虎男先生的夢想好像是變成小學生，也是總有一天會實現嗎？」

「怎麼可能，叫他放棄吧。」

將幾秒前的發言全盤否定的彼列隔著床單不斷撫摸蘿絲。蘿絲乖乖被摸的樣子簡直就像觀賞用動物。

「好，那明天就去遺跡那邊看看吧。我想過幾種作戰方式，但依照邪惡組織約定俗成的做法，還是尾隨在王子派別後頭，最後再把魔導石搶過來比較好。」

愛麗絲似乎已經放棄跟彼列解釋了，直接提出明天的預定計畫。但她說的是以前在托利斯王國遺跡對海涅和羅素做的那種事嗎？

「這樣成功率比較高嘛，而且遺跡也因為被長年棄置，淪為魔獸的巢穴，就讓他去打頭陣吧。」

「——正是如此，彼列大人，妳意下如何？」

愛麗絲可是連創造者都敢忤逆的人，這次她居然難得向上司彼列徵求意見。

「可以啊。這個星球的事歸你們管，把我當成戰鬥員就行。」

或許是認為派一個人當指揮官就好，彼列一臉輕鬆地笑著說。

「真的假的？那我算是這個星球的高層人物，可以叫妳去幫我買麵包回來嗎？」

「如果不想被我的鐵拳揍扁，勸你現在就給我買過來。我要炒麵麵包跟菠蘿麵包，沒買到不准回來。」

這個霸道上司要的麵包在這個星球根本買不到，於是我用惡行點數換了麵包上繳給她。

依舊被彼列抱在大腿上的蘿絲輕聲笑道：

「隊長跟彼列大人感情真好，好像姊弟喔。」

「她這樣說我們耶，彼列大人。我如果喊妳姊姊，妳可以對我好一點嗎？」

「我才不要這種白痴弟弟，我要更可靠一點的。」

聽了我們的對話，蘿絲露出開心的笑容。

這麼說來，我想起彼列接受改造手術前對我百般呵護，就像在照顧不成材的弟弟。

當時彼列的性格跟現在完全不同，當我被英雄挑釁想要殺過去時，她會好好安撫我；我在敵營中迷路時，她也會保護我。

當房東以「不想租給反社會勢力」為由將我趕出之前那棟公寓時，彼列還讓我住在她的老家。

不知為何，借住的那段時間我經常在浴室碰見彼列，那些也都是美好的回憶。

……不對，現在想想，應該是彼列在我洗澡的時候不小心闖進來的。

而且，她雖然會慌張又害羞地說：「對不起，我不知道你在裡面……」但每次都死盯著我的裸體。

當時的彼列應該是個性穩重的人，怎麼會犯下那種失誤？

「彼列大人，難道妳喜歡我？是不是一直用色瞇瞇的眼神看我？」

「我現在只想一拳揍過去。」

現在她板著臉說出如此狠毒的話，然而那時候每當我去她的房間，她都正好在換衣服，彷彿在誘惑我似的。

「先不管妳喜不喜歡我，我覺得彼列大人妳是個大色鬼耶。」

「好，久違地來鍛鍊一下好了。你給我出來。」

當時的彼列乍看之下很清純，但我知道她其實是個悶聲色女。

只要我房間亂了，她就會來幫我打掃，可是發現我隨手亂放的A書時，她都會目不轉睛地盯著看，直到我走進房間為止。

「你這傢伙，被我罵了怎麼還好意思笑。我要來一場真正的戰鬥訓練，不會放水喔。」

可能是在掩飾害羞，彼列的臉蛋有些羞紅，說話口氣也變得粗魯。我對她說：

「聽到戰鬥訓練這幾個字，就讓我想起剛加入如月的時候。當時我每天都被操到吐出來呢……」

沒錯，有一件事跟當時截然不同了。

「就讓對我照顧有加的彼列大人看看我變強之後的成果吧。」

我回想起過去那段痛苦卻快樂的時光，露出無畏的笑容。

2

面對隔天中午才能下床的我，愛麗絲劈頭就說：

「喂，爛號，你太慢了吧。我們已經準備好了耶。」

「爛號隊長，早安。你說今天要去遺跡，但已經快中午了耶。」

這些傢伙真的是我的搭檔和部下嗎？

居然如此苛待我這名重傷患者。

「我可是用了醫療用的奈米機器，勉強只花一天就治好那麼嚴重的傷耶！妳們應該對我更好一點！我現在還是全身痠痛！」

昨天我對彼列玩笑開過頭，結果被整得很慘。

由於我在戰鬥訓練中對彼列上下其手，讓她燃起了欲望。

當然不是色色的欲望，而是痛扁我的欲望。

「對不起喔，爛號，我應該要手下留情。誰知道你這麼不堪一擊呢？」

「下一個喊我爛號的人，我就把他抓來賺惡行點數喔。」

我對這些在別人傷口撒鹽的人進行牽制，同時確認身體的狀況。

雖然還是渾身痠痛，應該沒什麼問題了。

「好，那我再把作戰內容解釋一遍喔。我們要尾隨去回收魔導石的亞德莉，趁她找到魔導石放鬆戒心的瞬間衝上去搶過來。畢竟我們以前也幹過類似的勾當，失敗的可能性應該很低。」

為了保險起見，愛麗絲再次確認作戰內容，而蘿絲呶呶嘴說：

「這樣做讓我很有罪惡感耶，就像把抵達終點開心慶祝的人推向絕望深淵……」

餓肚子就會變成殘暴惡魔的合成獸，平常也算是善良的好人。

「如果意願不高，我還準備了B計畫。」

「真的嗎！作戰內容是什麼，快告訴我！」

聽到智囊愛麗絲的這句話，蘿絲的雙眼綻放光芒。

「我已經把碎裂的魔導石顏色和形狀記下來了，就把這些資料送回如月，用塑膠之類的材質複製出完全相同的東西。之後等我們拿到魔導石，就把複製品交出去，拿完報酬後直接開溜。」

「這計畫爛透了！古爾涅德得靠那種魔導石才能正常運作，之後可是會出大事呀！」

見蘿絲出言頂嘴，愛麗絲舉起一隻手，像要安撫她似的。

「別擔心，只要在他們用魔導石驅動古代文明之前，讓虎男把複製品偷走，計畫就無懈可擊了。就算他們之後又提出搶回魔導石的委託，我們只要拒絕就沒問題。」

「不好意思，我還是覺得光明正大搶過來比較好……」

——古爾涅德附近的森林深處。

來到莉蒂雅之前告訴我們的地點後，就看到一座看似遺跡的物體。

這個以類似水泥的材質打造而成的設施，比托利斯的遺跡小了些。

愛麗絲遠遠看著遺跡，並環顧四周說道：

「遺跡周遭都有紮營的痕跡，可見他們已經開始探索了。這代表只有亞德莉打得開的那扇密門已經解鎖了嗎？乾脆請彼列大人把遺跡燒一燒如何？」

「該我出場了嗎？包在我身上。」

「這樣會讓亞德莉逃跑，魔導石也會因為火力太強而被燒熔吧。我都能猜到結局了，彼列大人，請妳退下吧。」

沒機會上場的彼列顯得十分消沉，蘿絲也慌慌張張的，不知如何安慰她。

「……喂，亞德莉出來了，但她身邊那群人感覺很可疑。」

可能是因為我睡得太晚，亞德莉似乎早已結束探索工作，帶著一群人走出遺跡……

「除了騎士之外，還有攝影師耶。這個星球也有電視嗎？」

彼列用讚嘆的口吻這麼說，但愛麗絲說的「可疑」就是指那群人吧。

亞德莉走在前方，後頭圍著一群應該是王子派別的騎士，還有幾個扛著攝影機的男人走在其中。

「沒錯，這些人明明還在用蹲式馬桶，卻有動力源不明的神祕電視。畢竟這個星球有魔法這種東西。」

「對耶，報告書上有寫……奇怪？那如果我們搶走魔導石，就會被全程轉播嗎？」

昨天莉蒂雅對王子說：

『就算他們真的搶走魔導石，你又要如何證明？』

而王子回答：『我也有對策！』

「他們拿著魔導石這一點很麻煩。如果沒有魔導石，就可以在被拍到之前請彼列大人把他們全部燒光……要從遠距離狙擊攝影機嗎？但只狙擊攝影機，也不能保證沒有其他攝影媒體。那乾脆直接射殺攝影師……」

「不行啦，愛麗絲小姐！就算在開戰期間，也不能攻擊郵差、攝影師和甲蟲商啊！」

郵差跟攝影師也就算了，保護甲蟲商的意義何在？

——就在此時。

正在警戒周遭的彼列似乎發現了什麼。

「……嗯？喂，那不是虎男嗎？他在那裡幹嘛？」

我循著彼列的視線望過去，發現虎男潛伏在草叢中。

「妳居然能看到潛伏中的虎男先生。他的目標大概是亞德莉手上的魔導石吧。那個人的興趣就是魔導石。」

「如果不是王族，拿到魔導石也當不了國王吧？那他要那種東西幹嘛？」

彼列不解地看著往目標緩緩逼近的虎男。

「這個星球有人可以逆轉時間。虎男先生說只要拿到強力魔導石，總有一天可以變回小孩子，所以至今仍鍥而不捨地努力追尋。」

「是因為我腦袋不太好嗎？我聽不懂虎男在說什麼耶。」

我也聽不懂。

……此時，正在觀察狀況的虎男開始行動了。

可能是因為將遺跡內的魔獸全都驅除了，亞德莉一行人看上去相當疲憊。

「哦，虎男那傢伙是來真的。我從來沒看過他這麼拚命耶。」

彼列說得沒錯，平常總是悠哉悠哉的虎男此刻的眼神相當專注。

「啊，虎男先生出動了！隊長，我們只要在旁邊觀望就行嗎？」

可能素來跟虎男比較親近的關係，蘿絲用憂心忡忡的口氣問道。

「也對，只看不做也挺無聊的……彼列大人，要不要來賭他能不能成功搶到魔導石？我用莉莉絲大人的凸槌情報賭他會成功。」

「那我用阿斯塔蒂的丟臉照片賭他會失敗。」

「賭博之風不可長！而且，我剛剛說的不是這個意思……！」

「哦，虎男先發制人，但他的一舉一動都被攝影機拍下來了。」

愛麗絲說得沒錯，採取偷襲的虎男全程都被拍下來了。

可能是要報復前陣子被偷襲的恥辱，虎男這記踢踢是衝著亞德莉來的。

亞德莉勉強擋下，卻被硬生生撞飛出去。

周圍的騎士衝上前將她接住，為她減緩直接撞上遺跡牆壁的衝擊。

——這一連串攻防，全都被攝影師一網打盡收進鏡頭裡了。

「攝影師的身手比虎男先生和亞德莉還要敏捷耶。」

「畢竟攝影師的工作就是在大森林深處拍攝各式各樣的魔獸嘛。之前播映的龍族育兒紀錄片還引發軒然大波，不曉得他們是用什麼方法侵入巢穴的。」

我也好想看那部紀錄片喔，真想把這個星球的攝影師挖角過來。

「亞德莉和騎士聯手反擊，但還是虎男占上風。」

愛麗絲事不關己地在一旁觀戰，並將感想說出口。

別看虎男那樣，他可是最強怪人。雖然有周遭的騎士相助，對與我勢均力敵的亞德莉來說，還是相當吃力。

持盾護衛的騎士一個個被虎男揍飛後，亞德莉終於被逼得無路可退。

亞德莉被人型魔獸逼到牆角的畫面充滿了犯罪氣息，攝影師從多方角度持續拍攝。

「彼列大人，麻煩妳交出阿斯塔蒂大人的丟臉照片。」

「勝負還未定。六號，給我睜大眼睛看清楚，我最近學會了『智慧』這個詞，現在我就教教你這個詞是什麼意思。」

彼列留下這句話，就從原本躲藏的樹蔭中跳了出去。

她發揮被改造手術強化過的身體能力，以常人難以目測的速度狂奔。

彼列高速逼近正在和那群騎士對峙的虎男。

『好久不見，虎男，看你這麼有精神，我就放心了！我現在就要來處死你！』

『彼列大人為什麼會在這裡啊！雖然我早就猜到自己會被處死，但也不能不管三七二十一就殺過來吧喵！』

看到彼列面帶微笑揮拳而來，虎男急忙往後跳。

「喂，愛麗絲，現在要怎麼處理？那個人只為了賭贏我，就直接無腦地衝出去了耶。」

「我真是沒料想到這一步。她還用日文跟虎男互相叫囂，遲早會被發現虎男是我們的人。別擔心，我已經做好開溜的準備了。」

正當我們對彼列脫序的行為不知所措時，幸運獲救的亞德莉滿臉通紅地抬頭看著她的背影。

剛才被逼得無路可逃的亞德莉應該把彼列當成衝過來替她解圍的英雄了吧。

忽然現身的神祕美女闖入戰局，攝影師摔在地上，仍拚命將眼前這一幕捕捉下來。

『那我就給你十秒鐘解釋，努力說服我吧。』

『我闖進去盜取魔導石的時候，看到娜蒂雅公主一個人孤零零的，讓我有些在意。我試著和她搭話，沒想到她居然不怕我，還說她想阻止兄姊吵架卻無能為力，覺得很傷心。』

……嗯？

『而且，她看我拿著魔導石也沒有責怪我，反而叫我直接拿走，因為這就是兄姊吵架的原因。還說：如果我失蹤了，兄姊基於擔心，或許會同心協力來找我。我把魔導石給你，但也麻煩把我一起帶走……孩子都說到這個分上了，我怎麼能不為她盡一份心力呢？』

……虎男的語氣相當嚴肅，甚至忘記在語尾加上喵字。

愛麗絲將虎男說的日文翻譯給蘿絲聽，一旁的我對自己誤解虎男一事感到羞愧不已。

「隊長、愛麗絲小姐！雖然不知道虎男先生有什麼目的，我們也趕快過去吧！」

蘿絲聽完愛麗絲的翻譯似乎相當感動，緊緊握住拳頭。

為了替虎男助攻，我從腰後抽出了手槍。

『當下我就決定要狠狠教訓這些爭奪王位、讓年幼小妹傷心的蠢蛋。所以我要再次奪回魔導石，送給娜蒂雅公主……』

『別再說了，虎男！』

虎男說得慷慨激昂，卻被彼列直接打斷。

神情嚴肅的彼列彷彿是在告訴虎男不必再說下去了。

接著，她心領神會地點頭——

『我剛剛說只聽十秒鐘！你說得又臭又長，我根本聽不懂。既然沒辦法說服我，我就要把你處死！』

『妳也太不講理了喵！』

我們根本來不及阻止，彼列就殺了過去——！

3

亞德莉和攝影師及騎士們一同低頭道謝。

「真的很感謝妳！要不是妳出手相救，魔導石就要被搶走了！」

被彼列攻擊的虎男喵喵叫著上前應戰，逮到機會就利用閃光彈逃走了。

虎男很擅長潛伏在森林裡偷襲，所以很愛用閃光彈。

他甚至還隨時戴著抵禦閃光的特殊墨鏡。

「不過……」

亞德莉神情複雜地看向我們。

「沒想到這位居然是六號的上司。你剛剛叫她彼列大人嗎？請容我再次致上謝意，謝謝妳救了我。」

起初看到我們從樹蔭下走出來時，亞德莉還擺出備戰姿勢，如今已經放下戒心了。

「我本來是想親手給他最後一擊啦，但妳好像沒受傷，這樣就好。」

被彼列關心傷勢似乎讓亞德莉很開心，她的臉頰變得有些羞紅。

「彼列大人跟那隻魔獸有什麼關係嗎？」

「噢，他以前是我的部下。」

…………

『彼列大人，妳在胡說什麼啊！虎男先生跟我們的關係還沒有曝光啦！』

彼列不顧僵在原地動彈不得的亞德莉，對在一旁小聲耳語的我露出得意的笑容。

『你也是邪惡組織的人，就要常常在危險的鋼索上遊走，什麼安全牌都吃屎去吧。我跟你都是大反派，比起平安長壽，還不如享受當下！』

為什麼如月這個組織全都是這種有毛病的人？怎麼不稍微跟我學學，具備一點常識啊？反正是這個人惹的禍，萬一真相曝光，靠她的暴力解決就行了。

『彼列大人，妳只是覺得為難旁人很有趣吧。最近我們也遇過跟現在類似的狀況，害怕露出馬腳而提心吊膽。戰鬥員十號也跟彼列大人一樣引以為樂……』

「剛才說的是如月式笑話，我完全不認識那個魔獸。」

「對、對嘛！唔呵呵，妳忽然說這種話真的嚇到我了。我剛才還聽到你們用跟那個魔獸很像的語言在對話……」

可能是不想被拿來和戰鬥員十號相提並論，彼列直接翻臉不認帳，亞德莉則露出充滿光輝的眼神伸出手。

「彼列大人的正義之心實在太偉大了！我是執法機關柊木的使徒，鈍色亞德海特！」

「妳是敵人嘛！」

伸出手想跟彼列握手的亞德莉卻吃了一記頭槌，蹲坐在地。

「喂，六號，她剛才報上執法機關柊木的名號了！那她不就是敵人嗎！」

彼列指向摀著頭蹲在地上的亞德莉，說出這種慢半拍的台詞。

「不然妳剛才以為她是誰啊？昨天聽了我的說明，妳不是說妳完全理解了嗎？」

「想也知道，大概八成都左耳進右耳出了。但這樣就簡單多了！」

彼列露出無畏的笑容，一把抓住還蹲在地上的亞德莉的衣領，把她拎起來。

「同業競爭者亞德什麼鬼的，雖然妳跟我們是敵對關係，但妳得承認剛才被我救了一命吧？若不是我出手相救，妳的魔導石就被搶走了，這妳也得承認吧？」

「當、當然……我們柊木是正義機關，滴水之恩自當湧泉以報。」

雖然痛得眼眶泛淚，亞德莉在彼列面前也毫不退縮，吊在半空中回答彼列的問題。

「明白就好。那麼事不宜遲，快跟我道謝吧，謝禮就是妳的魔導石。」

「妳突然在胡說八道什麼呀！再怎麼說也不能給妳！畢竟正確來說，這個魔導石並不是我的東西……！」

圍在一旁的騎士們舉起武器，不過充其量也只能在遠處包圍擊退虎男的彼列。

被彼列一手拎在半空中的亞德莉將魔導石緊緊抱在肚子上，表示堅決不給。

「我、我會用其他東西回報妳的恩情！有人很需要這個魔導石，我絕對不會讓給妳！」

「……那好吧，妳用別的東西來換也行。」

可能是被亞德莉的堅持所感動，彼列無奈地將她放回地上。

亞德莉如釋重負地抬頭看向彼列。

「你們的組織名『柊木』的讀音跟如月太像了，會讓人搞混。以後就改用其他更好分辨的名字，比如某某戰隊之類的。」

「太不講理了吧！」

看到被放回地上的亞德莉抱著魔導石頻頻後退，彼列勃然大怒。

「不給我魔導石，又不想改名字！我可是在妳陷入危機的時候出手相救耶，妳太會耍賴了吧！」

「我哪有妳說的那麼誇張！看到這段直播的觀眾有什麼看法？你們覺得我在耍賴嗎！」

被逼得無路可退的亞德莉看著鏡頭大聲控訴。這時愛麗絲對彼列耳語了幾句。

「……沒辦法，這次就讓妳先欠著。快把魔導石送到需要的人那裡吧。」

見彼列忽然安分下來，亞德莉雖然有些畏縮，仍大聲宣言：

「這份恩情我一定會還！但這次是我贏了！執法機關柊木……」

亞德莉刻意停頓了一下。

「絕不向惡勢力低頭！」

又對著鏡頭擺出姿勢。

「…………」

「等等、等一下，妳不喜歡這種搶鏡頭的做法嗎？那我跟妳道歉，今天就先告辭了！」

她的耍帥姿勢讓彼列惱火，在彼列無聲的壓迫下，亞德莉與騎士們倉皇逃離現場——

——我們回到旅店後，看起了房內設置的神祕電視。

『光榮凱旋！馬帝亞王子從執法機關柊木聘請的使徒——亞德海特小姐帶回了魔導石！因國寶遺失讓全國人民憂心忡忡的危機也都迎刃而解了！』

眼前的電視正在盛大播報馬帝亞王子的功績，螢幕上的亞德莉對鏡頭揮手。

我看著無聊的新聞畫面，對坐在床上晃著雙腿的愛麗絲說：

「喂，這樣真的好嗎？這樣事情就落幕了耶。」

「當時我也對彼列大人說過，我們還剩下一個C計畫。要讓這個計畫成功，就不能在鏡頭前面胡搞。」

聽了愛麗絲的說明，態度溫順的蘿絲微微低著頭說：

「那個……這次不能想想辦法救出虎男先生嗎？總覺得他很拚命，也想實現娜蒂雅公主的願望。」

彼列沒等虎男說完就打斷他，導致情況不了了之。為了讓無聊的王位爭奪戰落幕，虎男應該是想把娜蒂雅送上王座吧。

畢竟沒見過那位公主，不清楚她個性如何，但從虎男的描述聽來，應該比另外兩個正常一點。

「這我就管不著了。這件事本來就是虎男自己造成的，責任就該讓他去扛。」

愛麗絲的毒辣發言讓蘿絲消沉不已，頭垂得更低了。

「但虎男是如月最強怪人，就算不靠我幫忙，一兩個魔導石應該也難不倒他。」

「愛麗絲小姐……是啊，雖然要打倒最高階龍族才能拿到紅色魔導石，如果是虎男先生，說不定會去幫忙獵殺龍族呢！」

蘿絲不經意的一句話，讓我有種不好的預感。

沒錯，關於魔導石，我們好像忘了什麼……

就在我努力回想時，一旁的彼列神情雀躍地問愛麗絲：

「那之後該怎麼做？妳不是說有C計畫嗎？」

「作戰本身很單純。為此，我們必須先拿到魔導石才行。」

說完，原本坐在床上的愛麗絲站了起來。

「魔導石差不多要來到這座城市了。趁盧男還沒發現之前去迎接吧——！」

——我們離開古爾涅德首都，走在通往米德加爾斯山脈的路上。

……不知走了多遠。

當天色漸漸轉暗，我們開始準備紮營時。

「喂，好像有人走過來了。」

全場直覺最靈敏的彼列發現有人從街道另一頭緩緩靠近。

經她這麼一說，我便定睛看向眼前的黑暗處——

「那邊的人！不好意思，能不能分點食物給我們！我是葛瑞斯王國的近衛騎士隊長雪諾！別擔心，我們沒有敵意，身上也有錢！所以……讓這傢伙吃點東西吧！」

只見雪諾把劍當成拐杖拄著走來，肩上還扛著奄奄一息的海涅。

4

「喂，那個麵包再拿一片過來！然後再幫我倒一杯水！」

「我也要再吃一片麵包！唔……自從小時候在貧民窟餓了五天，在慈善廚房吃到黑麵包之後，就沒覺得一片麵包這麼好吃了……！」

可能是餓昏頭了，我用惡行點數換來的食物接連被這兩人吃進肚裡。

雪諾邊吃麵包邊落淚，不知為何連旁邊的海涅也淚流滿面。

「妳也辛苦了……來，妳也可以吃小女的麵包喔。」

「妳在說什麼呀，海涅，妳才該好好吃飯。魔獸的肝臟明明讓妳饞得流口水，妳卻撒謊說味道太腥沒辦法吃，硬是塞給我，這份恩情我可沒忘。我會讓妳吃到肚子撐破為止。」

兩人吃著麵包邊說邊哭。她們感情怎麼變得這麼好？

難道是在野外求生時萌生了友情？

「來，小女把這些肉烤一烤。這種時候有火屬性的同伴在很可靠吧，火烤過的料理也比較好調整。」

「呵呵……不愧是海涅，我就收下妳的好意了。但這塊烤得最恰到好處的肉，海涅妳得自己吃掉喔。」

正當兩人有說有笑，將烤得美味的烤肉串遞給對方時。

「既然妳們都不吃，我就吃掉嘍。」

「「啊啊！」」

蘿絲完全沒注意到這股溫馨感人的氣氛，把兩支烤肉串全都塞進嘴裡。

「妳幹嘛吃掉啊，那是要給雪諾吃的……！」

「海涅剛才差點就沒命了！應該要讓海涅吃啊……」

海涅和雪諾氣得對蘿絲破口大罵，又看著彼此露出羞赧的神情——

「從剛剛就飄著一股百合味，妳們是什麼時候開始交往的？」

「笨蛋，不准汙衊我們的友情！」

「你的思想太下流了！這可是超越種族、熬過苦難換來的友情！」

感覺情況變得不太對勁，但放著不管三天應該就會恢復原狀。

「對喔，完全忘記把妳們傳送過來的事了。這幾天妳們做了什麼？」

我隨口提起的這句話讓兩人瞪大雙眼，渾身發抖。

「哪能做什麼啊，如你所見，我們遇難了！不但被龍族追殺、糧食被吃掉，其他行李也被搶走了……！」

「晚上沒辦法生火，能用的魔力也有限。這幾天是靠雪諾狩獵攻擊我們的肉食野獸，再由小女燒烤調理……我們是互相扶持撐過來的！」

不是說高階龍族很聰明，不會攻擊人類嗎？

我記得愛麗絲說過這句話，和她對上視線時，她卻聳聳肩表示自己誤判了。

這時，默默吃著烤肉串的彼列似乎突然想起什麼，開口問道：

「對了，她們為什麼會被傳送過來？是在玩什麼遊戲嗎？還是懲罰遊戲？」

「妳怎麼說得像是事不關己啊？就是為了尋找迷路的彼列大人妳，才會在偵測到爆炸反應後把搜救隊送過去啊。」

雖然到後來是覺得傳送很有趣，帶著一點玩心就是了……

彼列的視線游移了一陣，咬著剩下的烤肉串說：

「我又沒有迷路。」

「又說這種話。妳再繼續逞強，我就不管妳嘍。」

吃了最多烤肉串的蘿絲似乎終於吃飽了，便笑著對兩人說：

「不過幸好妳們平安無事。我跟羅素也是被綁住，硬是被帶來古爾涅德。」

「妳的處境也差不多啊……對了，我從剛才就很在意，那位是誰呢？」

雪諾將手指向把臉轉到一旁的彼列。

「對喔，還沒跟妳介紹過。這位是祕密結社如月的最高幹部，彼列大人。」

「原來如此……幸會，彼列大人。我是如月戰鬥員，也是葛瑞斯王國近衛騎士隊長雪諾。往後還請多多指教……」

該說不愧是騎士隊長嗎？雪諾優雅地行了個禮。

接受她的行禮後，彼列拍了手，像是忽然想起什麼似的。

「我對妳的名字有印象，因為在六號呈上來的報告書上看過！我記得妳是看到金錢和魔劍就會失心瘋，還親了動彈不得的六號！」

「嗚哇，妳做什麼！喂，住手，不准胡鬧！」

聽彼列這麼說，雪諾就直接殺了過來。我壓制住雪諾後，將帳篷收拾完畢的愛麗絲就對大家說：

「那差不多該回鎮上了。本來是要在這裡住一晚，再去尋找雪諾跟海涅，但現在已經找到人了。既然要睡，比起露宿野外，還是回去旅店比較好吧。」

「噢，妳是特地來找我們的嗎？既然有這樣善良的心，我倒是希望一開始就別把我們傳送出去……」

「就是說啊……算了，以結果來看算是皆大歡喜。這次的野外求生讓我明白了海涅的為人，若能以這種方式落幕，感覺也不賴呀。」

聽雪諾這麼說，海涅露出羞赧的笑容。

「我確實是來迎接的，但正確來說並不是迎接妳們，而是海涅身上的魔導石。」

「「啥？」」

可能是這幾天培養出默契了，雪諾跟海涅動作同步地將頭歪向一邊。

「我想起來了！這麼說來，海涅小姐身上的魔導石，就是以前虎男先生打倒龍族，把搶來的魔導石送給妳的嘛！」

恍然大悟的蘿絲拍了手這麼說，當事人海涅則將視線移向手背上的魔導石。

「換句話說，你們需要小女的力量嗎？」

海涅宛如壓軸登場般顯得一臉得意，愛麗絲卻說：

「我們需要的是魔導石，而且還得是龍族身上那種紅色魔導石。」

……為了不讓魔導石被搶走，海涅將魔導石抱進懷裡哭著抵抗。

「這是海涅的寶物。如果有人不惜一切也要搶走魔導石，不管是誰我都饒不了。」

雪諾高聲宣言，拔出劍擋在海涅面前，就像守護弱者的英勇騎士。

蹲在地上哭泣的海涅用崇拜的眼神仰望著雪諾，接著也擦乾眼淚站起來。

她在持劍抵擋的雪諾身後蹲下馬步，彷彿隨時都能發動助攻。

「我也知道自己贏不了這些人，但這是……！」

「只要把魔導石交給公主殿下，就能拿到豐厚的報酬，獎金也有妳們的份。」

愛麗絲拋出的這句話讓雪諾的眼神出現了陰影。

「這是……騎士……精神……」

「順帶一提，彼列大人是如月的最強戰力，要小心別丟了小命喔。」

聽到我補充的這句話，雪諾默默地低下頭。

「……雪、雪諾？我們是永遠的好朋友吧，妳不會在這裡拋下我吧？」

海涅戰戰兢兢地這麼說，雪諾的肩膀也震顫不已。

「……那個魔導石的確是虎男送妳的吧。那如果把魔導石交出去就能分到獎金，對妳來說不也很賺嗎！」

「妳忽然在胡說八道什麼啊！我們分著吃最後一塊肉乾的那個晚上，妳不是說小女是妳第一個魔族朋友嗎！」

…………

「這種時候抵抗也沒用啊！就乖乖把魔導石讓出去，拿到妳該有的報酬，不是比較明智的做法嗎！既然是免費得到的魔導石，就不要小氣吧啦的！」

「這傢伙居然直接擺爛到底耶！所以我才不相信人類！仔細想想，當初就是因為妳太貪婪，才得諂媚托利斯王子到那種地步！快把妳充滿銅臭味的個性改一改！」

我還以為三天後才會恢復原狀呢，看來連一天都撐不過。

兩人互瞪著彼此，逮到機會便衝向對方。

「可惡，妳這該死的魔族！現在想想，第一次見面的時候，我就看妳很不爽了啦！」

「這是我的台詞吧！別小看前魔王軍幹部！」

彼列傻眼地看著扭打起來的兩人說：
「喂，六號，我覺得你要慎選部下耶。」
「莉莉絲大人之前也說過一模一樣的話。」

5

友情徹底決裂的兩人還吵個不停，彼列覺得麻煩，就直接讓她們安息了（物理上）。
隔天，搶到魔導石的我和愛麗絲被帶到接待室，和莉蒂雅當面對峙。
「事到如今還來做什麼？我對你們失望透頂，我已經沒機會登上王位了。」
王子得到魔導石一事被大肆報導後，莉蒂雅派別的氣氛就像在守靈一樣。
莉蒂雅深深嘆了口氣，愛麗絲便將魔導石拿到她眼前。
「……這是最高階的魔導石，而且還是紅色的。難道你們打倒龍族了嗎！」
莉蒂雅接過魔導石，目不轉睛地盯著看。
「得手管道是商業機密。雖然交貨時間晚了一些，現在就放棄王位還太早。」
愛麗絲自信滿滿地這麼說，莉蒂雅卻搖搖頭。

「…………現在拿到魔導石也為時已晚，馬上就是國王選舉了。早一步拿到魔導石的弟弟已經被人民奉為英雄。除非弟弟出盡洋相，否則現在根本難以挽回頹勢……我說什麼都要登上王位，但是……」

愛麗絲對我使了個眼色，我便拿出一本書。

用本國文字寫著《邪惡組織選舉手冊》的這本書，原先是用日文寫的。

我對緊盯著書名的莉蒂雅進一步發動攻勢。

「這是我們組織苦心規劃的拉票手冊，是讓掌權者趨之若鶩的絕版珍品。若感受不到成效，我們也接受退貨。」

「請看這本書的書腰，推薦人可是那個葛瑞斯王國的緹莉絲公主。現在購買此書，還加碼贈送魔導石喔。」

被我和愛麗絲推銷後，莉蒂雅接過書本緊抱在懷裡。

莉蒂雅用充滿期待的眼神看了過來，我們便祭出最後一波推銷攻勢。

「現在加量不加價，只要用當初妳答應支付的報酬，就能把這些統統帶回家！」

「還有莉蒂雅公主的獨享優惠！就由精通這本手冊的我們幫妳打一場漂亮的選戰！」

「拜託，我要買！」

感動萬分的莉蒂雅當場買下這本書，沒有一絲猶豫——！

【距離古爾涅德國王選舉還有十天】

我們擅自將租借的旅店當成辦事處，火速展開行動。

旅店老闆本來很為難，但愛麗絲付了一大筆錢，請他讓我們在選舉期間這麼做。

莉蒂雅的部下自然也忙著進行選舉活動，但我們佔辦事處另有目的。

「各位，把手冊內容記在腦子裡了嗎？如果鬧上法庭，我會為各位辯護，絕對幫你們爭取無罪釋放。不但會幫你們支付保釋金，也保證在活動期間給予高額報酬，所以認真投入選戰吧。」

「這可是我的拿手絕活，包在我身上！」

愛麗絲在辦事處鼓舞成員，雪諾也幹勁十足地回答。

「小、小女可是前魔王軍幹部，不擇手段也一定要奪得勝利！」

對雪諾燃起競爭意識的海涅也用力握緊拳頭。

「……隊長，我可以先回基地小鎮嗎？」

「妳回去基地小鎮，就沒有人吐槽我們了耶。之後我會再給妳營養口糧棒，妳就忍一忍吧。」

有人充滿幹勁，有人意興闌珊。

彼列用有些懷念的眼神看著這樣的辦事處。

【距離國王選舉還有八天】

『為您播報下一則新聞。各位或許對之前馬帝亞王子取得魔導石的新聞記憶猶新，如今捷報頻傳。方才莉蒂雅公主宣布，自己取得了比馬帝亞王子品質更好的魔導石。得到這個消息後，馬帝亞王子主張先取得魔導石的自己才有資格登上王位。莉蒂雅公主今後的看法將成世人焦點——』

嵌在辦事處牆上的神祕電視正在播報這則新聞。

如今電視台已經被愛麗絲徹底掌握了。

打選戰的時候，只要拉攏媒體就贏了。

但勤跑地方，深入基層也很重要。

為了打好這場選戰，我拉起口罩，在夜晚的街道上來回奔波——

【距離國王選舉還有七天】

在鬧區人潮銳減，即將進入深夜的這個時間帶。

「嗨，小哥，喝完要回家啦？有件事想問你，你會投給馬帝亞王子還是莉蒂雅公主？」

「咿！這、這個嘛……我應該會選馬帝亞王子吧……」

這位青年似乎要從酒吧回家。聽了他的回答，我點點頭。

「那太好了！如果你剛才說要投給莉蒂雅公主，就要倒大楣了呢。也是啦，要是莉蒂雅公主登上王位，我這一行就很難再混下去了呢！」

「是、是喔……」

〈惡行點數增加。〉

我伸出拳頭，抵在一臉困惑的青年胸前。

「小哥，你也跟朋友說一聲吧。一定要投給馬帝亞王子，死也不能投給莉蒂雅公主。」

「…………我、我……知道了。」

〈惡行點數增加。〉

看到青年點頭答應後，我便離開現場。

現在其他人也在忙著打選戰吧。

為了尋找下一個目標，今夜的我也在街道上四處奔走——

【距離國王選舉還有六天】

『為您播報下一則新聞。莉蒂雅公主在先前召開的記者會表示：「姊弟爭奪王位一事純屬誤會。若有閒錢拿來搞鬥爭，我認為更應該用在國民身上。既然弟弟說願意廣施善政，那我退出這場選戰也無妨。」與主張自己才有資格登上王位的馬帝亞王子相比，可說是截然不同的反應——』

我的主要活動時間是在晚上，所以在那之前都在辦事處待命。

在電視機前聽到新聞播報後，忙得不可開交的愛麗絲說：

「到目前為止都很順利。雖然雪諾被警察逮捕了，若她收起貪婪的本性，應該馬上就會被保釋。」

…………

「換句話說，雪諾已經可以爽爽退休了嗎？」

「沒錯。」

雪諾，幹得漂亮。

我也得多跟她學學才行——

【距離國王選舉還有五天】

「雪諾似乎從頭到尾都保持緘默，這樣就能重創敵營了。我也將這個消息透露給收買的電視台了，真期待明天的新聞。」

「每保持緘默一天，報酬就會不斷增加吧？這樣搞不好選舉結束她還是不肯開口耶。」

正當我心中浮現疑問時，辦事處的門忽然被打開了。

急忙衝進辦事處的人是氣喘吁吁的蘿絲。

「隊長，不好了！海涅小姐被巡警抓走了！」

「太棒啦！」

「不愧是海涅，幹得好！」

看我們接獲報告後發出歡呼，蘿絲用懷疑的眼神看了過來。

繼雪諾之後，海涅也被抓了，看來我也得拿出真本事了。

『為您播報下一則新聞。只要不投給馬帝亞王子就等著遭殃——近日發生多起遭掌權者威脅的案件。本台認為事態嚴重，試圖與馬帝亞王子的相關單位打聽消息，馬帝亞王子竟以「這是莉蒂雅陣營設下的圈套，我方陣營是無辜的」為由，拒絕本台介入——』

【距離國王選舉還有四天】

『為您播報下一則新聞。疑似馬帝亞王子支持者的白髮女性日前遭到逮捕，儘管多數居民都紛紛證實「有人告訴他們投給馬帝亞王子就能拿到錢」，這名女性至今依然保持緘默。馬帝亞王子針對此事表示「我方陣營並沒有白髮女性，我根本不認識她，她是莉蒂雅陣營的人」，如今風波仍持續延燒。而引發相同事件的魔族女性也遭到警方逮捕——』

「六號————！你在裡面吧，六號！居然設下這麼卑劣的圈套，你不覺得丟臉嗎！再不開門我就把門踹破喔！」

辦事處外頭傳來怒罵聲。

在門前待命的我確認好攝影機的位置後，就派蘿絲從後門跑出去。

「警察應該要花五分鐘才能趕到，攝影師，你要捕捉到精采畫面喔。」

對愛麗絲這句話豎起大拇指並點頭的人，就是以前跟亞德莉同行的攝影師。

這個男人是自由攝影師，愛麗絲便砸下重金僱用他。

「若你堅持不出來，我就要行使正義的力量！必殺————！」

我將力量灌注到全身，擺出準備擋下衝擊的架式。

「鈍色雷鳴————！」

「咕哇！」

入口大門被踹破的同時，一股衝擊衝向我架在眼前的兩隻手臂，把我整個人掃飛出去。

「喂，六號，你沒事吧！你的傷勢好嚴重，振作點啊！」

「唔……！愛麗絲，對不起……看來我只能走到這裡了……你們絕對不能輸給卑劣的馬帝亞陣營……」

「！？！！？！！」

看到我跟愛麗絲演的這一齣，亞德莉維持踹破大門的姿勢，陷入恐慌。

而她毀損器物和傷害他人的犯罪現場——

「等等等等、等一下，住手，不准拍！我不是故意的，這是意外……」

看到攝影師充滿躍動感的拍攝技術，亞德莉急忙解釋，但拍到獨家畫面的攝影師興奮得不得了，根本沒在聽。

就在此時——

「巡警先生，在這裡！」

「喂，你們在那裡幹什麼！……呃，怎麼又是馬帝亞陣營的人啊！」

「！」

看到此時正好趕到的巡警，終於發現蹊蹺的亞德莉發出慘叫。

「六號————————！」

【距離國王選舉，還有……】

『關於日前遭到逮捕，居無定所，自稱職業為使徒的嫌犯亞德海特，馬帝亞王子已經坦承她是旗下人員。本台對嫌犯進行調查後，發現她過去曾在葛瑞斯王國惹事生非，多次遭到拘留——』

我在辦事處聽著新聞播報，並對開票結果充滿期待。

「根據投票前一天的民調顯示，莉蒂雅公主72％，馬帝亞王子11％，其他是17％。」

聽到工作人員宣讀的支持率，辦事處的氣氛都緩和下來。

「這樣只要別鬧出什麼大事，基本上就穩了吧。不過沒想到這次會這麼順利耶，其實我本來打算之後派彼列大人出馬的。」

阻礙敵營的工作比預想中還要順利，我跟彼列就沒機會出場了。

其實原先的計畫是假扮王子陣營的我在威脅居民時，被正好路過的彼列趕跑。再把「莉蒂雅陣營的人擊退威脅居民投給王子的罪犯」這件事對外大肆宣傳。

「不必在乎我的立場啦。而且看到你們處處妨礙刁難敵營的樣子，我覺得好懷念喔。你還記得嗎？以前聽到英雄要參政的時候，如月還傾全組之力去搗亂呢。」

「確實有這麼一回事。因為阻撓計畫比想像中順利，得意忘形的莉莉絲大人還真的跑去參選，結果票數吊車尾。」

參選時需要繳交保證金。

若能得到一定程度的票數，就能收回保證金。然而我記得莉莉絲的票數沒達標，保證金被沒收的時候還大哭大鬧。

「但那是不是在彼列大人接受改造手術前的事？妳應該只有改造手術後的記憶吧，沒想到妳記得這麼清楚。」

我隨口拋出這個疑問，彼列便輕笑一聲並聳聳肩。

既然王子陣營已經奄奄一息，誰能登上王位就可想而知了。

勝券在握的我們抱著十拿九穩的心情靜靜等待。結果——

——不知為何，居然是娜蒂雅公主當選了。

中場休息④——他和夥伴的寶貴記憶——

「抱歉，我有點失去理智了。那再把時間往前推一些……不對，這個療程還能繼續做下去嗎？感覺會出大事……」

說著說著，莉莉絲陷入沉思。但要是現在中止療程，我也有點為難。

感覺只差一步就能回想起某個重要的回憶了——

「算了，反正我一天到晚在出事，既然要幹就幹到底吧。我要加重藥量嘍。」

——我看療程還是到此為止好了……

「哎呀，放心吧，不用緊張。妳很清楚我的智商有多高吧？」

就是因為知道莉莉絲有多聰明，我才會緊張……

「哦？友加梨的記憶好像慢慢恢復到對我很不客氣的時期了啊。那接下來就試著想想快樂的回憶，對妳來說最寶貴的時間和事件。比如跟我有關的事，應該不少吧？」

莉莉絲在等我回答，似乎在期待什麼。

快樂的回憶……說到快樂的回憶，就是他入社一段時間後越來越沒大沒小，每次見到阿斯塔蒂就要吵架的事吧。

就算我想居中調解，莉莉絲總會多嘴幾句，導致戰況變得更激烈。

當時如月還只是間小公司，雖然每天都累得不成人形，卻過得很愉快。

啊啊，我也想起有關莉莉絲的回憶了。沒錯，我記得是……

「嗯，妳記得什麼？」

選舉……我們發展成中等規模的組織時，讓如月備感威脅的英雄陣營居然要參政。

他們想用法律約束我們，用合法的方式削弱如月的力量……

「噢，的確有這回事。我記得妳很反對我提出的參選方案，遲遲下不了決定呢。妳這種軟弱的地方真的跟那傢伙一模一樣。」

是啊。他的個性其實很膽小，沒辦法犯下滔天大罪，我們經常一起商量呢。

「妳雖然喪失了記憶，卻無法連過去的罪孽都一併遺忘。來，繼續回想吧，妳究竟看到了什麼？」

我對滿懷期盼的莉莉絲直接說出浮現腦海的回憶——

「保證金全被沒收的時候，莉莉絲大哭的表情讓人難以忘懷。」

「那種事忘了也無所謂！」

最終章

為了成為可靠的上司

1

古爾涅德附近的森林中。

搭完帳篷後，我往篝火裡添加木柴，並對愛麗絲說：

「我只是隱約有這種感覺，我覺得虎男先生很蠢。」

「你覺得如月有聰明人嗎？順帶一提，我是仿生機器人，所以不算在內。」

那我是改造人，所以也不算在內。

而且「沒有聰明人」這話也說得太過分了，至少還有最後的堡壘阿斯塔蒂……

「說要建立邪惡組織征服世界的阿斯塔蒂大人是天下第一蠢。順帶一提，我要提名莉莉絲大人當第二名。」

「夠了，不要猜出我想說什麼。我們的莉莉絲大人才是無人能及的第一名吧。」

就在我和愛麗絲爭論這些事情時。

「你們兩個還有空聊這種事！事情變得亂七八糟，你們之後要怎麼收拾！」

——在毫無防備的狀況下，第二王女娜蒂雅公主登上了王位。

為什麼會變成這樣呢？因為我們的惡行全都曝光了。

搶走魔導石的犯人虎男是我們的同夥。

我們寫信給古爾涅德，想把虎男搶走魔導石這件事栽贓給柊木，還有自導自演詆毀敵營這些事，全都被虎男本人供出來了。

為什麼他會做出這種事呢——

「我真的太小看虎男先生了。我還以為他只是會喵喵叫、熱愛蘿莉的變態，沒想到他居然不顧自身安危，也要拚命拯救小蘿莉。」

「這的確是我的誤判，我沒想到他會做到這種地步。巨大化是怪人被逼到絕境時可以跟英雄同歸於盡的王牌絕招，用了可是會縮短壽命。而且放出這種大招後，居然還跑去自首，就為了讓公主當上女王。老實說，我也低估虎男了，那傢伙是蘿莉控中的蘿莉控。」

為了將娜蒂雅送上王座，虎男用了怪人的巨大化絕招，從棲息在米德加爾斯山脈的最高階龍族那裡搶走了魔導石。

後來他不但將魔導石送給娜蒂雅，還跑去自首坦承是我們的同夥，因而被捕。

拜他所賜，將我們拉進陣營的莉蒂雅支持率變成最後一名，本來就不太起眼的王子支持率也沒什麼起色，於是……

「想不到連羅素都替娜蒂雅公主撐腰，這樣幾乎就勝負已定了嘛。」

現在羅素在娜蒂雅身邊擔任守衛工作。

他可能是被虎男感化，竟主動帶頭幫忙打選戰。

美少女女僕協助年幼娜蒂雅的畫面似乎深得民心。

壓垮駱駝的最後一根稻草，就是王子陣營的亞德莉大肆公開美少女女僕其實是男兒身的事實。

結果不知為何，女性選民的支持率急速攀升，就變成這樣了。

其實羅素也是如月的人啦……

「幼女和美少年女僕的豪華大禮包啊，那當然很強了。對民眾來說，國家元首只不過是掛名的領導人，生活不會因為誰登上王位就有所改變。」

「我、我覺得葛瑞斯王國好多了。緹莉絲殿下雖然飽受爭議，還是很受國民歡迎……」

聽了愛麗絲的達觀論調，蘿絲神情複雜，說起話來有些含糊。

「不過，虎男跟羅素到底在想什麼啊？而且袒護娜蒂雅公主之後，虎男被處刑也是遲早的問題。就算他自首，犯下的罪行也很嚴重耶。」

「虎男先生是自作自受啦，不用理他。但雪諾跟海涅被抓了，也不能回去啊……」

「也要把虎男先生接回來啦……」

目前情況陷入膠著，連愛麗絲都難得抱頭苦惱。

而且我們會在這裡準備紮營是有原因的。

蘿絲立刻察覺到某種氣息，往草叢一看。

隨著一陣沙沙聲撥開草叢現身的是……

「得到野生的惡行點數了！喂，六號，快把他們換成點數！其他應該還有很多，總之能帶多少就盡量帶過來了！」

「別把俘虜說成惡行點數啦，我都快被妳嚇死了。」

彼列抓到了四個追兵，不知道是哪個派別的人。

氣到忍無可忍的兩方陣營都派出追兵追殺我們，我們才會像這樣潛伏在森林裡。

正常來說，被國家追殺是非常危險的狀況，但在這個人眼中，兩邊派別的士兵都只是額外點數嗎？

而且「換成點數」的意思，是要對這些被鋼絲五花大綁的士兵嚴刑拷問嗎？

——這時，愛麗絲向彼列低頭道歉。

「彼列大人，妳都特地從地球過來支援我們了，真的很抱歉。這一切都是我的失誤。」

「愛、愛麗絲小姐？」

看到愛麗絲一反常態變得如此乖巧，蘿絲也忍不住心生動搖。

「我真的沒料到情況會變得如此混亂，因此我要負起責任，在古爾涅德中心自爆。」

「喂，拜託別去。我不是說過禁止自爆嗎？」

彼列抓住愛麗絲的衣領制止她，接著輕聲一笑。

「愛麗絲，妳太聰明了，才會把事情想得這麼複雜。再簡單一點也無妨。」

說完，她揉揉愛麗絲的頭，露出無憂無慮的笑容。

愛麗絲乖乖被彼列摸頭，並抬頭看向對現狀毫無概念的彼列。

「……話雖如此，彼列大人，現在狀況真的很糟。我們不知道虎男跟羅素在想什麼，在拘留所的雪諾跟海涅也被當成人質抓起來了。原本反目成仇的王子和公主，現在應該也聯手合作了。換句話說，如月不但遭到虎男背叛，同伴被扣為人質，還被執法機關柊木跟古爾涅德視為對手……」

愛麗絲說到這裡，彼列就伸出手打斷她。

接著，她彷彿通曉一切般點了頭。

「那又如何？只要把他們狠狠修理一頓就行了。」

…………

「喂，六號，來幫我說服彼列大人。現在這種狀況亂得像錯綜複雜的益智扣環一樣，說明起來很花時間。」

我看著自信滿滿的彼列和傷透腦筋的愛麗絲，忽然想起一件事。

「對啊，彼列大人說得沒錯，我們幹嘛煩這些小事啊。」

「……六號？」

可能原本以為我要阻止，愛麗絲一臉不解地抬頭看著我。

「彼列大人說得對，我們想得太複雜了。說起來，我們為什麼要隱瞞虎男先生的惡行？因為現在還不需要跟這個國家打仗。我們為什麼要避免和執法機關柊木起衝突？是因為還沒必要向他們挑起爭端。」

還在被彼列摸摸頭的愛麗絲聽完我說的話，稍微沉思了幾秒。

「……你的意思是，既然現在有彼列大人在，就算與兩國為敵也能打得平分秋色嗎……是啊，虎男承認他是如月的一員，那又如何？一切都是我們在自導自演，那又怎樣？我們是邪惡組織，只要擺爛就好了。若對方執意要戰，我們就理直氣壯地接下戰帖！」

「沒錯，有彼列大人當後盾，我們只要硬起來交涉即可。我們派出去的那些戰鬥員也都對彼列大人肆虐過的都市發動威脅，逼他們服從了不是嗎？既然如此，現在只好使出壓迫性外交了。妳是這個意思吧，彼列大人！」

不愧是我們的最高幹部，連現在這種錯綜複雜的狀況都能……！

「可惜，你答錯了！」

看到彼列笑嘻嘻地這麼說，我心想「搞什麼鬼啊」。

「你們又想得太複雜了。如月可是立志要征服世界的邪惡組織，那對付敵人的方法不就只有一個嗎？」

彼列露出樂呵呵的笑容，對沉默不語的我們大聲宣言：

「就是侵略！」

2

在眾人揉著惺忪睡眼準備起床時，古爾涅德街上傳出了巨大爆炸聲。

衝出家門的居民們看著四周，吵嚷起來。

「怎、怎麼了！龍族打過來了嗎！」

「這個城鎮有米德加爾斯山脈守著，龍族應該不會打過來啊！」

「可是最近旅店門口好像也發生過爆炸騷動耶！」

「我記得那起爆炸是一個紅髮女人用了魔法……」

開始胡思亂想的居民們聽到接下來這個聲音後便僵在原地。

『古爾涅德王國的各位，早安！我們是邪惡組織，祕密結社如月！古爾涅德那群王族給我聽好了！限你們五秒內趕來鐘塔！如果時限內沒有現身，我每過一秒就燒掉一棟建築！』

「妳幹嘛突然亂放話啦，怎麼可能五秒內趕到！」

我從提出無理要求的彼列手中搶過大聲公。

——這裡是位於城鎮正中心的鐘塔最上層。

成功入侵城鎮後，我們對古爾涅德王族提出相當過分的要求。

「哎呀，冷靜點，這是莉莉絲教我的交涉技巧。先提出不合理的要求，再提出難度降低的真正要求。」

「原來如此，妳有制定計畫啊。真不好意思。」

一開始先提高價格，之後再降價營造划算的感覺——做生意的時候，確實常聽到這種手法。

彼列接過我遞出去的大聲公後，扯開嗓子大喊：

『話雖如此，五秒內還是太強人所難了，我也稍微讓步吧！再給你們十秒，趕不過來的話——』

我再次從彼列手中搶過大聲公後，鐘塔下方忽然出現騷動。

我和愛麗絲一同往下看──

「彼列大人，好像有個王族忽然出現了，有趕上後來這十秒耶。」

「看吧？我跟莉莉絲不一樣，不會為難別人。」

我覺得她的霸道程度有時候比莉莉絲還要誇張，但還是先閉嘴好了。

帶著一大群士兵的莉蒂雅在塔下瞪著我們，可能是一大早就出來找我們了吧。

「欸，六號，有個眼神凶巴巴的女人在瞪我耶。」

「那是這個國家的第一王女，莉蒂雅公主。被瞪也是在所難免啦，畢竟妳一大清早就把國民吵起來，還威脅她的國家。」

但她也威脅要到處敗壞我們的名聲就是了。

彼列點點頭接過大聲公後，又向塔下大喊道：

『妳就是叫莉蒂雅的笨女人吧！我現在就要把妳痛扁一頓，給我上來！否則我就把這座城鎮化為焦土！』

「大、大膽狂徒！忽然跑出來胡說八道什麼呀！妳這不知從那兒蹦出來的低賤平民，知不知道我是誰呀……」

我把開始和彼列爭辯的莉蒂雅擱在一邊，對蘿絲送了個暗號。

「那個……最後再讓我確認一次，真的要這麼做嗎？踏出這一步之後，可能就無法收手了耶……」

「現在早就收不了手啦。而且彼列大人不是說了嗎？這些人是野生的惡行點數呢。」

被蘿絲拉過來的，就是在森林裡追殺我們的那四個俘虜。

『我家可是自古代代相傳的豪門！妳這窮酸小國的村姑王女少囂張了，小心我把妳揍扁喔！』

「竟敢如此羞辱本國，不可原諒！給我攻破鐘塔的大門！」

我們把越吵越凶的兩人擱在一邊，讓被綁住的俘虜走到窗邊。

對彼列大聲嚷嚷的莉蒂雅看到俘虜的臉就僵住了。

『妳認得這些傢伙嗎？認得的話，就用那邊的俘虜跟我交換。如果不認得，我就把這些沒用的傢伙從這裡推下去！』

〈惡行點數增加。〉

「不愧是真正的最高幹部，跟莉莉絲大人的氣勢完全不一樣。」

「喂，愛麗絲，我只是聽令行事而已，但也賺到惡行點數了耶。真的可以放心交給彼列大人嗎？」

滿臉鐵青，嚇得嘴巴一張一闔的莉蒂雅高舉雙手喊道：

「這、這裡可是城鎮正中央，妳不會真的做出那種事吧？我們先談一談吧。其中兩個的確是我的部下，可是……」

莉蒂雅話還沒說完，彼列就單手抓住其中一名俘虜的衣領，將他懸在鐘塔窗外。

『我只問妳認不認得！我待會兒只給妳三十分鐘，馬上把我的部下帶過來！』

〈惡行點數增加。〉

「好、好啦！我答應跟妳交換人質，拜託妳別把他扔下來！」

雖然有點黑心，莉蒂雅的本質仍是養尊處優的王族。她急忙對自己的士兵下達指令。

「那個公主還太嫩了。可能是因為在眾目睽睽之下，一被反派威脅，她居然就同意交涉了。如果換成緹莉絲，應該會逼自己流下一滴眼淚說『身為王族，我絕不向惡勢力屈服』，對俘虜見死不救吧。」

「緹、緹莉絲殿下才不是那麼殘忍的人，應該吧！」

「如果妳真的這麼想，至少別加上『應該』這兩個字啦。」

目送一名士兵跑向王城後，莉蒂雅抬頭瞪著我們說：

「喏，這樣行了吧？滿意的話，就把那個人放了……還有，先讓我說一句，這四個人裡面只有兩個是我的部下，被妳吊在空中那個並不是。但我身為這個國家的王女——」

『那這傢伙就沒用了嘛。』

〈惡行點數增加。〉

「呀啊啊啊啊啊啊啊啊啊啊啊啊啊啊啊啊啊啊啊啊啊啊啊啊！」

彼列沒等莉蒂雅把話說完，就鬆手放開俘虜。

嘴裡咬著猿轡，被鋼絲緊緊綁住的俘虜眼眶含淚地掉了下去。

莉蒂雅發出慘叫，彼列也扔下大聲公，奪走我腰間的佩刀。

只見彼列直接將身子探出窗外，往掉下去的俘虜高舉起手——

「呀啊啊啊啊啊啊啊啊……啊啊……啊啊啊……！」

扔出去的小刀精準貫穿了俘虜的衣領，插在鐘塔的石頭牆面上，完全沒傷到往下掉的俘虜。

差點撞上地面，被插在鐘塔牆上的俘虜已經口吐白沫昏過去了。慘叫連連的莉蒂雅也嚇得癱坐在地。

原本殺氣騰騰的士兵看到彼列的絕技後，也都傻傻地杵在原地。這時彼列撿起剛剛扔出去的大聲公說：

『妳的部下是哪個！我會把跟妳無關的另一個人放回去！』

「不要用丟的，直接送回來啦！就算不是我的部下，也是我寶貴的國民啊！還有，算我求妳，能不能聽我把話說完呀！」

3

後來決定改成在鎮外交還俘虜。

被彼列耍得團團轉的莉蒂雅可能不想在鎮上和我們交涉吧。她指定的地點是一片荒野，身後就是峭壁。

在這種視野遼闊的地方，除非有人特地爬上峭壁，否則不會遭到偷襲。

「多虧彼列大人，情況進展得很順利呢。這樣就能把雪諾小姐和海涅小姐帶回來了。」

蘿絲抓著綁住俘虜的鋼絲走在前方，心生佩服地說。

彼列剛才的行為，在如月確實算得上模範等級，只是……

「妳最近對壞事的接受度越來越高了耶。第一次見面時那個純潔又有良心的蘿絲到哪兒去了？我先提醒妳，不要變得像如月幹部那樣喔。」

被蘿絲稱讚後龍心大悅的彼列對我的吐槽嘟起嘴抗議：

「是你們拜託我先靠交涉解決，我才像那樣跟她談耶。我覺得直接痛扁一頓也沒差。」

「會堅稱那種行為是交涉的人，大概只有彼列大人和莉莉絲大人了。」

「隊長，你的交涉也差不多吧？還記得你前陣子跟虎男先生交涉嗎？」

——我們在鎮外乖乖等了一會，火冒三丈的莉蒂雅才率領無數士兵走了過來。

隊伍最後方的士兵握著一條韁繩，繩索另一頭綁著露出安心表情的海涅，以及毫不掩飾憤怒的雪諾。

為了交還雙方俘虜，莉蒂雅先清了清喉嚨準備說些什麼，但此時——

「愛麗絲————！」

被繩索綁住的雪諾忽然大喊，讓全場鴉雀無聲。

可能是最近跟海涅培養出友情，因而找回騎士精神的雪諾，下一句話應該是「不必在意我的死活」吧。

「我可是沉默到最後一刻！而且今天被帶出拘留所時，我還抵死不從，堅持要留在拘留所喔！保持緘默這段期間的報酬，妳要記得給我！」

「……喔，妳很努力呢，辛苦了。我不會虧待妳的。」

在這種狀況下，雪諾還一心想著報酬。愛麗絲頓時愣了一會又輕笑出聲。

……別看她那樣，她好歹也是我的部下。

「欸，六號，我之前也說過，你真的要慎選部下耶。」

「如月根本沒有正常人，妳這最高幹部哪有資格說我。」

瞠目結舌看著這一連串發展的莉蒂雅全身微微發抖。

「到、到底要耍我到什麼地步才甘願……！你們有認清目前的處境嗎？我聽說如月的傭兵很強，才會僱用你們。」

氣憤無比的莉蒂雅越說越激動，同時我也將俘虜腳上的束縛解開，往他們背上輕推，他們就背對著我跑走。

被解開束縛的雪諾跟海涅也正好穿過士兵們，朝這裡跑來。

「可是我僱用你們的真正理由，是因為我國士兵缺乏與魔獸對戰的經驗……古爾涅德王國有米德加爾斯山脈帶來的庇佑，是龍族以外的魔獸都不敢輕易靠近的神聖之國。換句話說，我們只是不習慣與魔獸交戰，但對付人類絕不會敗陣！既然討回了人質……」

「喂。」

莉蒂雅開始說起這種唯恐天下不亂的話，但彼列一句話就打斷了她。

「既然討回了人質，我就不會再客氣了，覺悟吧。」

「那是我要說的台詞……至少讓我把話說完嘛！」

——莉蒂雅激動大喊的瞬間，站在她身後的士兵腳下忽然像噴火一樣高高隆起。

伴隨一聲巨響，附近的地面全被刨挖而起。被拋上高空的士兵們發出慘叫，和塵土一同掉了下來。

只是和一般人類交手，彼列應該相當手下留情了。

彼列給的傷害雖不到致死的地步，但無論是被翻捲而起的大地、屍橫遍野的士兵，還是逃得太慢一起被擊倒的雪諾跟海涅，乍看之下就像無間地獄。

士兵的哀號聲此起彼落，摀著耳朵蹲在地上的莉蒂雅戰戰兢兢地轉頭一看——

「哇、哇啊啊啊啊啊啊啊啊啊啊！我、我的部下……我的士兵！」

〈惡行點數增加。〉

在毫無前兆可循的狀況下，手下留情的彼列施放了這場小規模爆炸。

所有士兵都被炸得毫無反擊之力。在蠻橫至極的暴力面前，莉蒂雅哭喊了起來。

不過，我只是跟在彼列旁邊，卻連我都賺到了惡行點數，搞得我也像主謀一樣。拜託不要這樣。

……看著悲痛不已的莉蒂雅的臉，彼列神情嚴肅地點了頭。

「妳是古爾涅德王國的莉蒂雅吧？我現在就要賞妳一拳。」

「為什麼啊！」

莉蒂雅的私人軍隊都被打得落花流水了，彼列居然還要再補上一擊。

這麼說來，我先前跟這個人報告過，說我們被迫進行了充滿威脅的交涉。

彼列最痛恨有人看不起如月，她也有她的想法吧。

愛麗絲跟蘿絲將被捲入爆炸的兩名俘虜帶回來時，彼列將拳頭拗得喀喀作響，緩緩走向蹲在地上嚇得無法起身的莉蒂雅。

這時忽然傳來一陣熟悉的嗓音，彷彿算準了這個一籌莫展的時機。

「到此為止了！」

在這種宛如英雄帥氣登場的時間點出現在峭壁上的人——

「去死吧啊啊啊啊啊啊啊啊啊！」

「啊啊啊啊啊啊啊啊啊啊啊啊啊啊啊！」

是來不及報上名號，腳下地面就被彼列使出的飛踢踹爛，從峭壁上滾下來的亞德莉。

把整座峭壁岩體踹碎的彼列是很離譜，但從那麼高的峭壁摔下來卻能毫髮無傷地站起身的亞德莉也不相上下。

對方居然在自己開口前忽然發動攻擊，想必她本人也始料未及吧。

不管是莉蒂雅還是亞德莉，真希望彼列至少讓她們把話說完。

儘管傷勢輕微，亞德莉似乎還沒從驚嚇中恢復，只見她視線游移，指著我說：

「那、那個……我這次可是被害者，雖然不知道為什麼會碰上這種倒楣事，總之到此為止了！」

愛麗絲將我們那兩個翻白眼的俘虜慢慢拖回來，但亞德莉沒有理會，只是靜候我們的反應。

「妳幹嘛忽然發動攻擊啦，彼列大人，她應該嚇死了吧。之前不是說過了，英雄登場的精采瞬間，還有變身途中跟感人場面都禁止攻擊啊。」

「她又不是英雄，應該沒違反如月的戰鬥規則吧。不過這傢伙登場時機太像英雄了，害我忍不住想攻擊。」

「欸，拜託聽我說完啦！」

好不容易鎮定下來的亞德莉狠狠瞪著我們。

「六號，你居然好意思做出這種事！我想跟你說的話可是多不勝數！但是你得先跟我道歉！就是你把虎獸人的罪狀栽贓給柊木這件事！還有，雖然扯敵營後腿也是選舉招數之一，但你也做得太過火了吧！」

聽了亞德莉這頓痛罵，我忍不住和彼列面面相覷。

在這種狀況下，她依然堅持要抨擊我，真令人佩服。不過這傢伙到底知不知道自己待會兒會有什麼下場？

「你們拋過來的無禮視線好像在看笨蛋一樣耶。我可沒有魯莽到敢一個人挑戰你們。」

亞德莉帶著勝券在握的表情這麼說，但實在不像是在峭壁上準備擺姿勢卻掉下來的人會說的話。

「王子聽到剛才的廣播，已經率兵趕過來了。我是先過來拖住你們的！」

聽了亞德莉這句話，我們再次看向彼此——

——如亞德莉所說，不久後王子真的率兵趕到了。

王子一看到我們，太陽穴就爆出青筋，對我們劈頭痛罵。

「都是你們把我國耍得團團轉，情勢才會變得這麼混亂！好，先把我的部下討回來！再跟柊木一起擊潰如月這個傭兵團！」

雖然數量沒有莉蒂雅這麼多，王子也帶了不少士兵過來。

只是……

「……嗯？這、這是什麼情形……」

可能是剛剛才發現四周的慘狀，看到被埋在土裡哀號的都是士兵後，王子滿臉疑惑——

「馬、馬帝亞……」

王子沒聽出這個微弱的呼喊聲是出自誰之口，頓時緊皺眉頭。

「姊、姊姊！這個慘狀是怎麼回事！姊姊的私人軍隊，應該是不輸我國正規軍的精銳部隊啊……」

看到莉蒂雅淚眼汪汪、憔悴無比地癱坐在地，王子越來越困惑了。

「王子殿下，不好意思，可以看一下這邊嗎？」

我開口喊了王子一聲，被鋼絲緊縛躺在我腳邊的亞德莉就扯開嗓子說：

「我、我沒有屈服於惡勢力！馬帝亞王子，請貫徹您的正義精神！」

「你、你……你這個混帳……！把姊姊逼到如此絕境還嫌不夠，竟然連亞德海特小姐都變成這樣……！」

看到姊姊跟亞德莉的模樣，王子似乎誤以為這一切都是我做的。他氣得聲音都在發抖，臉也漲得通紅。

這個人跟莉蒂雅不是水火不容嗎？

「……好，這次我就放你們回國，但你不准碰亞德海特小姐一根寒毛。」

王子好像以為亞德莉被我綁作人質了，但事實不然。

既然已經把雪諾她們接回來，我們就不需要人質了。

「呃，是這傢伙說要拖住我們，擅自衝過來，我們才把她綁起來。」

「對啊，她從剛才就吵個不停，拜託快把她帶走。」

聽我和愛麗絲這麼說，王子一臉疑惑地問：

「你們到底想做什麼？本以為你們是姊姊的夥伴，卻讓她的心靈重挫到體無完膚的程度。原以為你們綁了我的部下當人質，你們卻說要把亞德海特小姐還給我。老實說，我真的不懂你們有何目的。」

「我們也不是自願這麼做的啊。畢竟這場騷動的起因是我們的怪人虎男先生失控嘛。」

「是啊。雖然我們雙方都有錯，這就是認知上的差異嘛。我不會說讓一切恩怨放水流，但魔王國滅亡之後，我們跟古爾涅德就變成鄰國了。雖然或許會花上不少時間，我們還是努力找出妥協點好嗎？」

愛麗絲說出這個提議後，忽然傳來東西砸在地面的聲音。

循著聲音來源一看，發現是恢復正常的莉蒂雅將手上的扇子扔了出去。

「不能就這樣結束！因為我要成為女王！絕對不能讓妹妹娜蒂雅登上王位！也不能交給馬帝亞！」

「姊、姊姊……？」

莉蒂雅的態度驟變，讓在場眾人都看得啞口無言，將注意力集中在她身上。

「你們知道這個國家成立的經過嗎？……不對，應該沒人知道吧。你們不曉得魔導石到底要用在哪裡，也不明白會引發什麼後果！」

在焦躁感驅使下，莉蒂雅連珠炮似的說個不停，感覺有些嚇人。

所有人都被她的魄力嚇得不敢吭聲時，她帶著充滿悲愴感的表情娓娓道來——

「這片大地曾經棲息著大量魔獸，因為與其他地區相比，這塊土地擁有豐富的水資源……於是過往世界的人們被迫面臨選擇，是要在鄰近豐富水源的魔獸群聚處，還是魔獸相對較少卻難以生存的荒野生活？照理來說，這兩個都是不合理的選擇，但從太古時期留存下來的古代文物將一切化為可能——」

〈惡行點數增加。〉

莉蒂雅公主說到這裡，大家都聽得入神之際——

惡行點數增加的語音傳來的同時，大地毫無預警被翻捲起來，如月以外的人全都被吹走了。

塵土和哀號再次從天而降，彼列則滿不在乎地說：

「我不想再聽這種艱澀難懂的故事了，給我懶人包吧。」

「我之前就這麼想了，彼列大人，妳也太沒耐性了吧。」

4

我們把雪諾和海涅交給蘿絲之後便潛入王城。

不知為何，亞德莉也跟在我們後面。

除了她以外的所有王族和士兵應該暫時醒不過來了。

將雪諾她們扛回鎮上後，蘿絲就會去找官員，於是我們把那些倒地的士兵統統交給她處理。

被彼列狠狠教訓一頓後，亞德莉應該也不敢胡作非為了……

「喂，六號，你們潛入王城到底要幹嘛？若是想為非作歹，我一定不會放過你們……」

「我們要跟這次引起騷動的幕後黑手做個了斷，就是妳也知道的那隻虎型獸人。結果那個人才是一切的起因。」

有些士兵發現我們後舉起了武器，但抬頭挺胸走在最前面的彼列毫不猶豫就將他們制伏了。

看到揮劍砍來卻陸續被反擊的士兵後，亞德莉嚇破了膽。

「……欸、欸，六號，我怎麼覺得自己在犯案現場啊。」

「妳也別置身事外啊，都走到這一步了，妳休想逃走喔。」

「而且我們又沒拜託妳，妳就自己跟過來了。要是虎男抵死不從，妳得幫忙才行。」

知道虎男實力如何的亞德莉顯得一臉不願，但與生俱來的正義感似乎還是戰勝了恐懼，因此她毫無怨言地跟在後頭。

娜蒂亞公主應該在最上層吧。

國王和正義的夥伴都喜歡待在高處，這是千古不變的定律。

——來到最上層時，走在最前面的彼列忽然停下腳步。

仔細一看，原來有個男人擋在一扇豪華大門前，那扇門後應該就是謁見廳吧。

「喂，別擋路，讓我過去。」

聽了彼列的警告，男人卻不為所動。

看他能輕輕鬆鬆穿上重裝鎧甲，以及渾身上下散發的氣息，感覺擋住去路的這個男人並非等閒之輩。

他應該打不贏彼列，但戰鬥能力恐怕位居這個星球的上位。

「感覺他的劍術跟雪諾相當，體力也過人，穿著那麼沉重的鎧甲還能活動。」

「哦，你居然給他這麼高的評價，看來實力不凡啊。應該有好戲看了。」

聽我和愛麗絲這麼說，亞德莉也點了頭。

「那個人是本國第一騎士，實力貨真價實，連我都得甘拜下風。我猜你們應該聽過他的名字，他叫作——」

擋住去路的男人被彼列默默地揍飛了。

男人狠狠撞上牆面後就無法動彈。愛麗絲低頭看著他說：

「說吧，實力貨真價實，妳也得甘拜下風的這個人叫什麼名字？」

「妳的搭檔不是對他讚譽有加嗎！那個人跟我比試的時候，還跟我打得平分秋色耶！

你、你們看，彼列小姐不管我們了啦！」

驚慌失措的亞德莉越說越激動，彼列也直接將門打開——！

「阿虎，嘴巴張開～」

「哎呀，我的嘴巴又不是布丁盒，放不下那麼多個喵。妳分一點給羅素喵吃嘛喵。」

房內擺著一張金碧輝煌的王座，只見虎男躺在豪華地毯上，頭枕著羅素的大腿，幼女還把舀了布丁的湯匙遞到他嘴邊。

「……我是不討厭布丁啦。我先聲明，我可以自己吃。」

說完，羅素就將手伸向幼女。結果他忽然看向我們，渾身僵住了。

看到羅素突然定住不動，虎男也循著他的視線望過來，同樣愣住了。

幼女來回看著呆站在門前的我們和虎男，戰戰兢兢地抬起頭說：

「你們好……」

「嗨，小妹妹妳好。大哥哥有事要找阿虎，妳去跟這個大姊姊玩好嗎？」

「咦？我、我嗎？啊啊，呃，我知道了。正義的夥伴就是孩子的夥伴，我來教妳幾個華麗絢爛的登場姿勢吧。」

我把幼女硬塞給亞德莉，亞德莉緊張了一瞬，但似乎看出我的用意，於是立刻答應。

從這個幼女跟虎男的親密程度來看，應該就是娜蒂雅了吧。

娜蒂雅被亞德莉牽著離開房間，臨走前還不斷回頭望向虎男。

確定門被關上後，彼列吐了一口氣。

「好。」

「臨死之前，我還有最後一個遺願，可以答應我嗎？」

虎男正襟危坐地低下頭，語尾沒有加上喵字。

虎男似乎已經做好準備，因此彼列有些憐憫地點了頭。

「好，你說吧。」

「我死了以後，娜蒂雅就會身陷險境，能不能替我保護那孩子？」

看到虎男連這種時候都在擔心小蘿莉的安危，羅素慌張地喊道：

「等、等一下，怎麼突然變成這樣！喂，虎男，你為什麼會死啊！」

第一次見到羅素的彼列有些不解地歪著頭。

「彼列大人，妳之前沒見過他吧？他是喜歡扮女裝的羅素。」

「噢，就是讓莉莉絲看了小雞雞的人啊。我對你的癖好沒意見，但不要秀小雞雞給我看喔。」

「忽然胡說八道些什麼啊！扮女裝不是我的癖好，我也不是自願讓她看的！……奇、奇怪？怎麼渾身抖個不停……」

可能是本能反應將彼列視為危險人物，羅素不禁瑟瑟發抖。

即使如此，羅素仍擋在虎男身前拚命控訴。彼列突然激動地說：

「你這藉口也太爛了吧，既然沒有這種癖好，幹嘛穿成這樣！我不會歧視任何一種性癖，你要更有信心一點！」

「不、不是……！這真的不是我的癖好……」

羅素本想繼續反駁，彼列卻用力掀起他的裙子。

「你都穿這種內褲了，怎麼可能沒這個癖好啊。不必再逞強了，沒事的，你很適合女裝，穿起來很可愛，要有自信喔。」

「完全沒在聽我解釋……」

彼列溫柔地摸著羅素的頭，羅素則緊抓著裙襬，含淚低下頭去。

這時，原本跪坐低著頭的虎男忽然抬起頭。

「彼列大人，妳剛才說不會歧視任何一種性癖喵？」

「……我沒說。」

逼小男孩換上女裝，把頭枕在他大腿上，還讓幼女餵食布丁的變態似乎看見了起死回生的曙光。

這個變態馬上起身，指著彼列惱羞成怒地說：

「身為如月最高幹部，說話居然出爾反爾，實在太卑鄙了喵！我一直以來都是蘿莉控，只是讓幼女餵我吃布丁而已，哪有嚴重到要處死的地步！」

「白痴喔，你綁架了幼女耶！本來是把你這個最強怪人當成最終王牌送過來的，怎麼最會惹事的也是你啊！」

看到兩人開始吵架，羅素嚇得渾身發抖並看了過來。

他應該是希望我去勸架吧。不過對方可是最強女幹部跟最強怪人，我這小員工哪有什麼能耐。

惱羞成怒的虎男攬住羅素的肩膀，對彼列挑釁地吐出舌頭。

「而且，彼列大人剛才也掀了羅素喵的裙子喵。我要在報告書上寫『彼列大人掀了偽娘的裙子偷看小褲褲』，傳回如月總部喵！」

…………

「你有沒有聽過『湮滅證據』這四個字？你什麼時候產生了能打贏我的錯覺？」

「我不認為自己能打贏妳喵，但我可以在被妳殺死之前傳一堆訊息給如月喵！」

兩人互相對峙，開始觀察對方的破綻。我把他們倆擱在一邊，接著聽見一大群人靠近這個房間的聲音。

「有人往這個房間靠近了，你們要不要先休戰？」

「我有發現人群靠近的聲音喵。從聲音聽來約有十至十五人，應該全部都有武裝喵。」

「總共十四人，只有一個人沒帶武器。是莉蒂雅那個女人率兵回來了。」

……………

「你連這都聽不出來啊，白痴，大白痴！」

「都當上最高幹部了，妳怎麼還是那麼幼稚喵！」

可能是因為這兩個武鬥派都冠上了「最強」稱號，偶爾會發生這種狀況，麻煩死了。

「你為什麼要做這種蠢事啊！明知道對孩子做出性犯罪會被判死刑吧！」

「我本來想跟妳解釋，是妳不想聽耶！還有，我可以發誓，我真的沒有出手！喵！」

「他們快衝進來了！至少在這種時候和平共處吧！」

我對兩人怒吼，房門也在同一時間被打開。

彼列猜得沒錯，闖進來的人的確是帶著軍隊的莉蒂雅。

莉蒂雅迅速掃視室內一圈，發現了某種异狀，於是開口問道：

「娜蒂雅去哪兒了！我絕對不會傷害你們，快告訴我她在哪裡！」

「說了之後妳想幹嘛喵？妳一定會逼她交出王位喵！」

莉蒂雅狠狠地瞪著開口吐槽的虎男。

「是啊，這還用問嗎！絕不能讓娜蒂雅和馬帝亞登上王位，我一定要成為女王才行！我當上女王之後馬上就會讓弟弟繼位，外人給我閉嘴！」

被逼急的莉蒂雅大聲喊道，愛麗絲卻聽出了矛盾。

「馬上讓弟弟繼位是什麼意思？妳登上王位的目的是什麼？」

愛麗絲冷靜的提問讓莉蒂雅倒抽一口氣。原本有些衝動的她轉頭對身後的士兵說：

「……你們幾個先出去，我要向他們解釋。」

士兵們以「不能留妳一個人在這裡」為由反對，莉蒂雅卻半強迫地將他們推出門外。當房裡只剩下如月的人時，莉蒂雅露出憔悴至極的表情。

「這一次，麻煩你們聽我說說古爾涅德王國成立的經過吧。」

她用沙啞的聲音如此呢喃，臉上浮現脆弱的笑容。

5

聽完莉蒂雅的說明，愛麗絲說：

「這個國家世世代代都是靠古代文物讓魔獸無法靠近，但必須使用魔導石作為燃料。一個魔導石大約可以讓古代文物運作百年。更換魔導石的時間越來越近，卻只有國王才能更換。而莉蒂雅公主無論如何都想親自更換魔導石，才會吵著要登上王位。」

「簡單來說是這樣沒錯，但這種說法會顯得我很愚蠢，能不能轉換一下……」

莉蒂雅說了將近十分鐘，愛麗絲卻只花二十秒翻譯。

「既然妳這麼想更換魔導石，直說不就得了？這樣妳弟弟至少會聽妳的話吧。」

我疑惑地提出質疑，莉蒂雅卻只回了個落寞的笑容。

「這個古代文物似乎很可怕，更換魔導石的人有很高機率會死亡。年邁的國王原本就是為了履行最後的義務，才去更換魔導石的。」

「換電池就會死？這是哪門子的瑕疵品啊，是會漏電嗎？」

「呃，不是，我剛才已經說得很清楚了……」

…………嗯？

「換句話說，為了不讓弟弟妹妹喪命，妳才要當上女王，換完魔導石再死嗎？」

「我剛才一直在解釋這件事啊……」

聽到這句話，如月的人全都露出冷笑。

「哈哈～妳是傲嬌啊。現在已經不太流行傲嬌了耶。」

「我是聽不懂什麼意思，只知道你們在嘲笑我！」

但這麼一來，情況就不一樣了。

「虎男先生，你意下如何？還是要把娜蒂雅喵直接送上王位嗎？」

「怎麼可能喵。既然莉蒂雅喵想更換魔導石，就讓她去吧喵。」

虎男對蘿莉以外的人真的很不客氣耶。

——這時，彼列看見了設於謁見廳後方的王座。

彼列的眼睛像孩子般閃閃發亮，滿心雀躍地朝王座走去。

這個人在莉蒂雅開始解釋時就馬上放棄理解，把ＩＣ錄音機放在原地代替自己，可能是想之後再慢慢聽吧。

照理來說，只有這個國家的國王才能坐那張椅子，彼列卻毫不猶豫地坐了下來。

「等、等一下！妳坐哪裡啊！」

若此時國王在場，彼列這種行為肯定是失禮到被斬殺也不為過的程度，讓莉蒂雅看了嚇得不知所措。

不對，這個人真的偶爾會做出驚人之舉。

「彼列大人，不行喔，這是偉人坐的地方。」

「我是如月的偉人啊。有意見的話，就用盡全力把我趕下來試試看。」

呃，她的確說過想當國王之類的話，但任性也該有個限度吧。

「虎男先生，請你幫個忙。我從右邊按住她，虎男先生從左邊。」

「好的喵。在這種危急時刻，彼列大人未免也太奔放了喵。」

我們逼近王座想把彼列拉下來，結果彼列傲慢無比地命令道：

「你們這些囂張的小戰鬥員，如果沒有在三秒內獻上肉包給我，就把你們處死。」

「這個人在胡說八道什麼啊。要是被那些頑固不知變通的士兵看到就糟了。」

「大隻女果然爛透了喵，還是蘿莉最棒喵。」

開始玩起國王遊戲的彼列指著虎男說：

「這隻野獸剛才做出了危險發言喔，感覺好噁心，我要把你處死。」

「正合我意喵。只要我跟六號聯手，就可以跟妳打得不相上下喵！」

看到彼列開始放飛自我，愛麗絲一臉傻眼地說：

「喂，彼列大人，妳腦子沒問題吧？這下我可不能坐視不管了。」

「哦，愛麗絲，妳也來罵罵彼列大人啦。要我老實講的話，我也很想坐坐看王位。只有她在那邊耍任性，實在不能原諒。」

「愛麗絲喵，拜託妳用大道理把彼列大人辯到哭出來為止喵！」

不知為何，愛麗絲也用傻眼的眼神看向開始吵嚷的我們。

「彼列大人可不是在玩，她的意思是『讓我當上國王去更換魔導石』。我不會讓從如月借來的重要幹部遇險。」

「「「「咦？」」」」

愛麗絲這句意料之外的話讓在場所有人都發出驚呼。

「……彼列大人剛才是不是也嚇到了？」

「沒有……呃，那個，嗯，其實我嚇到了。因、因為愛麗絲看出了我的意圖。」

啊啊，這是被超出預期的發展嚇到，真的傷透腦筋的表情呢。

沒辦法，那我也跟著……

「彼列大人，妳是認真的嗎？妳雖然大隻又霸道，是個人隻又難搞的上司，但這實在是萬萬不可啊。」

「是、是啊。雖然我對彼列大人不太熟悉，但彼列大人是如月的頂尖人物吧？這種危險的事，讓這個國家的人去做就好了。」

我本來想幫腔，虎男和羅素卻搶在我之前擔心彼列的安危。這個人責任感很強，這些話應該能說服她。

——始終保持沉默的莉蒂雅露出淡淡的苦笑後……

「這是王族該扛的責任，所以妳有這份心意就夠了。噢，我只想拜託你們一件事……麻煩對我的弟妹們保密喔。」

說出了這句最能打動彼列內心的話。

6

——米德加爾斯山脈。

引發爭端的那個古代文物，就藏在古爾涅德王國旁這座全長數公里的山脈之中。

「不可能喵不可能喵不可能喵！這絕對不可能喵！」

「喵來喵去吵死人了，虎男！如月怪人不准把『不可能』三個字掛在嘴邊！」

我們來到米德加爾斯山脈前。因為賭命之舉不得輕忽大意，這次終於仔細聽完了莉蒂雅的說明——

「真是的，更換石頭就會死掉是怎樣啦！這種事妳要早點說啊！」

「呃，不是，我好幾次都想跟妳解釋啊……算、算了……」

解釋完畢後，莉蒂雅已經精疲力盡，彼列卻變得生龍活虎。

從剛才就喵喵叫吵個不停的虎男一臉嚴肅地提議：

「乾脆放棄這個國家，讓上面的兄姊隨便一個當王吧喵。」

「這隻野獸是不是只信得過妹妹啊？我覺得我跟妹妹挺像的耶。」

聽了虎男的提議，莉蒂雅有些不滿。

「的確很像喵，但我對老太婆沒興趣喵。」

「誰、誰是老太婆啊，沒禮貌！我才十九歲耶！好啊，有種再說一遍！」

「的確很像喵，但我對老太婆沒興趣喵。」

虎男規規矩矩地將這句話又說一遍，莉蒂雅氣得狂揍他的肚子。這時，用測量儀進行某種偵測的愛麗絲宣言：

「果然沒錯。如公主所說，這座山脈是活的，偵測到巨大的活體反應。」

古爾涅德王國之所以盛行龍族信仰，是有原因的。

魔獸之所以不敢靠近古爾涅德王國，也是有原因的。

先人利用魔獸不敢靠近原始龍米德加爾斯這一點，使用了能催眠這隻巨大龍族的古代文物。

結果，他們打造出龍族以外的魔獸都紛紛走避的聖地，於是在這裡興建小型村落，隨後發展成城鎮，又建立了國家。

更換魔導石就會死，就是因為米德加爾斯在更換期間會瞬間甦醒，將人殺害。

只要有國王才能持有的魔導具，就算沒有王家血脈，似乎也能更換古代文物的魔導石。

得知古代文物的使用條件如此寬鬆，愛麗絲建議暫時讓無可救藥的罪犯當王。只是——

「喂，莉蒂雅，剩下的就交給我這個女王吧。我很擅長獵捕那種巨大蜥蜴。畢竟來這個星球後，我獵殺了很多隻蜥蜴嘛。」

「妳說的蜥蜴是爆裂蜥蜴嗎？那跟原始龍相比根本……」

看到彼列堅持要把下級龍說成蜥蜴，莉蒂雅難掩不安。

跟莉蒂雅保證不會讓她吃虧後，暫時當上女王的彼列從剛才就很開心。

看了莉蒂雅和彼列的反應，原本還鬧個不停的虎男垂下肩膀說：

「知道了喵……我已經有所覺悟了喵。我會替妳助攻，甚至不惜動用積存至今的所有惡行點數喵。」

…………

「你是怪人又是幹部耶，要跟我一起殺到最前線啊。」

「不要喵不要喵不要喵不要喵！」

看到虎男又開始喵喵亂叫，莉蒂雅有些疑惑。

「那個，最前線是什麼意思？我以為彼列大人是要代替我去更換魔導石耶……」

仔細聽完說明後，彼列帥氣十足地對莉蒂雅說「包在我身上」。

莉蒂雅似乎以為彼列要去更換魔導石。

但如果只是這樣，虎男也不會鬧得天翻地覆……

——就在此時。

「隊長，我依照你的指示把她叫過來了！」

揮著手來到米德加爾斯山脈的，是揹著娜蒂雅的蘿絲杋羅素。

「怎麼了，娜蒂雅喵？這裡很危險，快回去喵。」

「蜥蜴姊姊說，來這裡可以看到阿虎的帥氣表現！」

聞言，這位阿虎狠狠瞪向對蜥蜴姊姊下達命令的我。

「喏，阿虎，娜蒂雅喵在看喔。麻煩你發揮出帥氣的實力吧。」

「等這一切落幕，你給我走著瞧。我會全部寫在給阿斯塔蒂大人的報告書上喵！」

阿虎怒不可遏地說，但這方面是我比較有利。

「要是我把虎男先生這次的行徑全都報告上去，她應該會派制裁部隊過來。」

「六號是我鐵打的兄弟，我怎麼可能真的做出這種事喵。回到基地小鎮後，我再帶你去不錯的店喵。」

我這位鐵打的兄弟為了搪塞過去，搭著我的肩膀開始喵喵叫。

「你要玩到什麼時候，虎男！給我做好覺悟！」

在彼列的怒斥與娜蒂雅的期盼下，虎男抬起頭。

「真沒辦法喵。我就賭上怪人的榮譽，把什麼原始龍幹掉吧喵！」

看到虎男展現出激昂鬥志，愛麗絲卻搖搖頭。

「彼列大人，這法子行不通。我調查過這傢伙的質量，得動用核武才能解決。除非準備大量武器，否則不可能弭平一座山脈。而且彼列大人現在又沒有傳送機，沒辦法調武器過來吧？」

愛麗絲說得沒錯，要對付眼前這種山脈規模的敵人，真的無計可施。

但這裡有個永不放棄的如月最強上司。

「愛麗絲，妳聽好了。如月的人不會把『不可能』三個字掛在嘴邊。」

說完，彼列雙手環胸，用氣勢十足的站姿仰望米德加爾斯山脈後，就走到被棄置荒野的箱型機械前面。這應該就是古代文物了。

仔細觀察米德加爾斯山脈，確實看得出龍的樣貌。

也就是說，這個長達數公里的巨大生物等一下真的會動起來。

「怪人虎男，聽令！原始龍米德加爾斯甦醒後，就幫我爭取三分鐘的時間！」

「不可能喵。」

一口回絕的虎男被彼列狠狠瞪了一眼。

「再說一次『不可能』，我就把你揍飛。」

「沒有巨大化就不可能喵。」

彼列說到做到，直接朝虎男扁了一拳。

「這傢伙居然真的打了！我前面有加上『沒有巨大化』吧，妳也太不講理了喵！」

「不是啊，因為你們這些怪人要陷入瀕死狀態，才能使出巨大化絕招吧？」

看來彼列剛才是用自己的方法幫助虎男巨大化。

無言以對的虎男像是要做出些微抵抗般喃喃說道：

「巨大化會急速縮減壽命，之前聽說最好一輩子只用一次，但我巨大化兩次了喵……」

「這樣啊。別廢話了，快上。」

「有夠霸道！」

強迫虎男閉嘴後，彼列對站在後方的我說：

「戰鬥員六號！傳紙條給如月總部，有多少硝化甘油統統送過來！」

「真的假的。注射那麼大量的硝化甘油，後果我可不敢保證喔。」

因為為難了部下虎男，自己也打算拚盡全力，的確很像彼列的作風。

彼列將十指扣緊舉到頭上，用力伸展背脊開始拉筋。

我寫下紙條傳送到如月總部，同時想起彼列以前幫肢體僵硬的我做一整晚的伸展運動。

不管是當時的彼列還是現在的彼列，本性依然一點也沒變。

接受改造手術之前，性格穩重又緊張兮兮的她……

「愛麗絲！要是我遭遇不測，妳就跟如月總部解釋吧！我積存至今的惡行點數應該有五十萬左右，妳就說這是我的最後命令，請求總部以特殊案例允許我挪用點數。在原始龍真的動起來之前，妳就全部拿去用，想辦法處理吧！」

接受手術後，比任何人都更保護同伴的她……

「五十萬點？瘋了吧！彼列大人，妳到底做了些什麼啊？不對，就算有這麼多點數，要是不慎選手段，應該也……打得贏……那隻龍嗎？打得贏嗎……？」

打贏這個怪物得不到任何好處，提出挑戰本身就是無謀之舉，彼列卻真心想將牠殲滅。

就為了這個交情不長，而且暫時是敵國立場的公主。

「那、那個……雖然我覺得不太可能，妳是想打倒米德加爾斯嗎？那個到處被神格化的怪物，據說一旦甦醒就要毀滅世界的米德加爾斯？」

莉蒂雅依舊無法置信地抬頭看著彼列，而彼列輕輕地將手放在她頭上。

「這樣一來，妳和妳的子孫往後就不必賭命更換魔導石了呀。」

說完，彼列露出溫柔的笑靨，莉蒂雅則滿臉通紅地呆站在原地。

就算失去記憶，她的本性還是沒變。

這個超級容易心軟，如果世界和平定能安穩度日的大小姐，轉身背對莉蒂雅高喊：

「我從古代文物拿出魔導石後，怪人蘿莉男就給我往前衝！但是在那之前，你得把這次犯下的種種罪狀當場說出來！」

「丟下原本的基地防衛任務，誘拐未成年王女還搶劫國寶！攻擊闖入森林的騎士團使其負傷，違反諸多命令，妨礙愛麗絲等人的侵略任務，到處樹立敵對國家喵！」

聽到他像這樣陳述罪狀後，就覺得他真的很誇張。

要說這次的騷動全是這個人引發的也不為過。

「本來應該把你處死才對，但既然你平安存活，我就赦免你這次的罪吧！你最愛的蘿莉就在你身後，就算是死也不能退縮！」

「明明是蠻橫不講理的暴力上司，作戰時卻這麼會激勵士氣喵。」

彼列親手將嵌在古代文物上的魔導石拔了出來。

在全場的注視之下，山脈下方有個巨大的東西打開了。

那個東西圓滾滾的動來動去，就代表米德加爾斯的眼睛睜開了吧。

光是被那個眼睛注視，站在古代文物前的彼列就晃了一下。

在遠方看著的蘿絲奮力大吼：

「彼列大人，那恐怕是邪眼！心靈脆弱的人光是被瞪上一眼就足以致命，請妳務必要小心！」

聽到這種中二病患的台詞，虎男便衝上前保護彼列。

可能是因為米德加爾斯覺醒了，大地開始輕微震動。

這座山脈本身就是生物，根本是不合常理的怪物，然而來自地球的兩個怪物直接擋在牠面前。

羅素露出看著崇拜的英雄的眼神，向兩人英勇的背影喊道：

「絕對不能輸啊，虎男！你可是最強怪人啊！」

「虎男先生！彼列大人！情況危急就叫我們過去！我努力一點應該能撐個兩秒！」

我覺得她一定撐不了這麼久，但被這兩人深深吸引的蘿絲握緊拳頭聲援。

大地已經搖晃到站不穩的程度了，莉蒂雅握著妹妹的手，跪在地上開始祈禱。

「超巨大敵性生物，原始龍米德加爾斯。如果把這傢伙打倒，將樣本送回地球，那可就賺翻了！」

連仿生機器人愛麗絲都被這股熱情感染，開始為兩人拚命打氣。

「彼列大人，硝化甘油來了！之後就拜託妳了！」

在虎男身後雙手環胸的彼列毫不猶豫地將傳送過來的硝化甘油往脖子注射。

「阿虎，一定要贏～～！」

或許是從大家的熱情察覺到什麼，娜蒂雅也奮力大吼。

虎男寬闊的背影抖了一下，米德加爾斯山脈也緩緩地動了起來。

原始龍渾身一震，黏在牠身上的岩石便如雪崩般四處飛散，但全被彼列施放的大爆炸轟得粉碎——！

「我是祕密結社如月幹部，密林王者虎男！只要小蘿莉們為我加油，龍族根本不足為懼喵！」

「我是祕密結社如月最高幹部，業火之彼列，可是千里迢迢從其他星球過來的！我要將敵性生物趕盡殺絕，侵略這個星球！」

隨著火山噴發般的巨響，巨大山脈將堆積在身上的土石盡數撥開，抬起身軀咆哮——！

——稱得上戰鬥的時間，大概只有三分鐘左右。

可是……

「全都被炸飛了嘛……」

蘿絲傻眼地嘀咕道，在場卻沒有一個人回答。

不對，應該說沒有人能回答。

「真是超出我的預期，沒想到會搞成這樣。」

終於開口表達同意的人，只有躲在我身後所以一塵不染的愛麗絲。

她說的「超出預期」，指的是米德加爾斯這種傳說等級的怪物，還是連這種怪物都能打倒的彼列的戰鬥力？

「對了，妳不要每次有事就拿我當擋箭牌好嗎？」

「別說得這麼無情嘛，搭檔。要是我受傷，這整個區域就會遭殃喔。」

說完，愛麗絲勤快地用毛巾替滿身泥濘的我擦拭乾淨。但休想用這種伎倆敷衍我。

我再次環視周遭。因為原始龍米德加爾斯的肆虐，已經一片荒蕪了。

原本那些零星生長的樹木和低矮山丘全被炸飛了。

米德加爾斯的巨大身軀倒臥在這片化為廣大空地的空間。確認牠已經無法動彈後，莉蒂雅驚訝地仰起頭。

可能是骨折了，彼列的右手癱軟地垂在一旁。同樣滿身泥濘的她，對依舊不敢置信的我喊道：

「六號，幫我放洗澡水！」

我將事先準備的濕毛巾交給這位在大自然中亂下指示的霸道上司。

「麻煩妳回基地之後再洗吧。妳在這種地方洗澡，會被我看光光喔。有必要的話，我搞不好會陪妳洗鴛鴦浴。」

「要寫在報告書上的事又多一項了。等著被阿斯塔蒂痛罵吧。」

愛麗絲抱起彼列骨折的手，為她注射治療用奈米機器，我跟彼列開始拌起嘴來。一旁陷入瀕死狀態的虎男被兩個小蘿莉悉心照顧，失去生命力的臉上也勾起笑容。

然後——

「沒想到真的把原始龍打倒了……」

至今仍無法置信的莉蒂雅抬頭看著倒臥在地的米德加爾斯，驚訝地說。

蘿絲雙眼發光地抓著米德加爾斯的屍體啃咬起來，臉上充滿了活力。

「還好微波加熱有效，總算搞定了！如果這招沒用，搞不好只能叫核彈外送了！」

「我絕對不會讓妳叫這份外送。總之，辛苦妳了。」

彼列說的「微波加熱」，是噴火能力衍生而出的招式，由莉莉絲命名。

不是靠火焰攻擊，而是直接對生物細胞加熱。不過簡單來說，就是類似微波爐變種的必殺技。

這個大招用在生物身上會慘不忍睹，因此彼列也不太想用。

米德加爾斯甦醒後，首先盯上了虎男。

光是被牠手臂一揮，虎男就身受重傷，於是他毫不猶豫地使出絕招，燃燒生命讓自己巨大化，壓住米德加爾斯的頭。

米德加爾斯拚命掙扎，彼列爬上牠的頭後，將手邊的硝化甘油全部用上，再使盡全力微波牠的腦袋，就變成現在這樣了。

——彼列用濕毛巾擦完臉後，就往還在恍神的莉蒂雅走去。

見識到這麼強的實力，莉蒂雅依舊全身發抖動彈不得。

每個人都各自停下手邊動作，留意彼列的行動。

大家都等著看完成如此豐功偉業的彼列會說出多不講理的話。

「喂，莉蒂雅。如妳所見，讓妳傷腦筋的那個原始龍已經被我殺掉了。」

見彼列說得雲淡風輕，莉蒂雅頓時傻在原地。

「是、是啊！那個，受了這麼大的恩情，又見識到如此驚人的力量，不管妳對我國開口要求多少報酬，我也甘願……」

……莉蒂雅說到這裡，彼列便對她露出天真的笑容。

「我可以將功抵過，讓虎男犯下的搶奪國寶和誘拐罪全部抵銷嗎？」

聽到出乎意料的這句話，莉蒂雅露出不敢相信的眼神。

隨後，她的目光變成在絕望之際看到英雄颯爽現身那樣。

「……當、當然，當然可以！」

過去臉上總是有幾分緊張的莉蒂雅，終於露出了符合年齡的笑容——！

7

「啥～～～～～～～～～～～～～！你你你、你們打倒了米德加爾斯？」

我們凱旋歸城，等著我們的是舉止可疑的亞德莉。

「對啊，那傢伙害這個國家好幾代國王都喪命了耶，這樣就解決一大隱憂了。」

亞德莉的視線慌張地來回游移，可見彼列的壯舉讓她嚇得不輕。

「我才想問妳在幹嘛咧。妳知道更換魔導石就會有人喪命吧？你們自稱是正義的夥伴，好歹也該去打倒牠吧。」

「你在說什麼啊，不是你叫我照顧娜蒂雅公主的嗎！我一直待在王城裡，然後那兩個合成獸就來把她接走了……！而且米德加爾斯根本不是人類可以打敗的存在吧！」

啊啊，原來她真的乖乖在照顧娜蒂雅啊。

「我們在管理的時候都會避免觸及這一方面……怎、怎麼辦，原始龍的死亡將帶給世界難以估計的影響……不、不能坐以待斃啊……」

亞德莉說著這種令人在意的話，搖搖晃晃地走了出去，但現在還有更要緊的事。

如今我們所在的謁見廳中——

「姊姊，麻煩跟我解釋一下狀況好嗎！米德加爾斯為什麼被打倒了啊！你們不是去更換魔導石嗎！」

難題解決後變得神清氣爽的莉蒂雅被王子瘋狂質問。

「反正目的達成了，所以我要把王位讓給你。你的個性還不夠成熟，得想辦法處理一下……對了，如果你有性格扭曲的部下，建議讓他當你的親信。」

看來更換魔導石時更換者會死亡一事，王子並不知情。

這位傲嬌的姊姊似乎也懶得對已經解決的問題多加解釋。

「姊姊！都已經把這個國家鬧得天翻地覆了，妳覺得這話說得通嗎！而且我才沒有性格扭曲的部下！這個國家脾氣最壞的人，我看非妳莫屬吧！」

被弟弟罵成這樣，莉蒂雅聳聳肩說：

「那我把王位讓給你，你可以僱我當參謀嗎？」

「啥……？」

莉蒂雅露出揶揄般的笑容，口氣卻帶著愉悅。

「……姊姊，妳真的打算放棄王位嗎？」

王子也聽出莉蒂雅不是在開玩笑了吧。

王子一臉疑惑地轉頭看向我們。

「就算我問了，你們也絕對不會說吧。」

沒有啊，我可以喋喋不休地說個沒完。

話雖如此，站在王子身邊的傲嬌公主都用食指壓著嘴脣笑了，這時候保守祕密才是貼心之舉吧。

看我們一句話也沒說，莉蒂雅露出苦笑。

「如月這些人幫了我很大的忙。往後我國就要開始受苦了。少了米德加爾斯的庇佑，日後魔獸就會聚集而來，就像其他大地那樣。」

「姊姊，妳到底為什麼要這麼做？這樣我國以後該如何應對……」

看到王子傷透腦筋地抱頭苦惱，莉蒂雅輕笑出聲。

「但這些都是小事。若是建國初期也就算了，現在我們總有辦法解決吧。先人為了尋覓安全的國土，四處漂泊，然而我們不一樣，歷經漫長歲月，如今我國已有堅固外牆和精銳士兵……」

莉蒂雅笑了起來，表情就像附在身上的邪靈退去了一般。

「不必擔心魔獸，因為有我在啊。」

彼列從旁插嘴的這句話，讓愛麗絲發出「哦～～」的一聲讚嘆。

我心想：麻煩妳解釋一下這話是什麼意思好嗎？

「莉蒂雅公主知道我們是做什麼的吧？換句話說，彼列大人是這個意思吧？」

愛麗絲說完就用手肘頂了頂我的側腹，這樣連我也聽懂了。

於是，我將過去對葛瑞斯王國的人說過的那句如月推銷用語說出口：

「彼列大人想表達的應該是──你們缺不缺戰鬥員啊？」

聞言，莉蒂雅開心地笑個不停，王子也無奈地聳聳肩膀──

「才不是咧，你們耍什麼帥啊。我是說我要留在這個國家。」

不會察言觀色的彼列又說出這種蠢話。

難得有機會說這種帥氣台詞，卻被一口否決，我氣得向彼列反駁：

「那妳是什麼意思啦！別跟我說妳要留在這個國家當客將喔！」

為了掩飾因為丟臉而有些泛紅的臉頰，我故意說得有點衝。

「事到如今我還當什麼客將啊，我是這個國家的工吧？」

彼列用一副理所當然的表情說出這種愚蠢至極的話。

正當我開始苦惱要如何說服這個任性上司時。

「…………對喔，彼列大人換完魔導石以後，也沒有把王位還回去呢。」

愛麗絲不經意說出的這句話，讓莉蒂雅和王子愣在原地。

「……那、那個，彼列大人？這個笑話不好笑耶。妳是為了拯救我們姊弟才打倒米德加爾斯的英雄吧？」

「喝啊！」

「好痛！」

「姊姊！」

彼列忽然對上前詢問的莉蒂雅打了一巴掌。

「妳幹嘛忽然打人啊，彼列大人，莉蒂雅公主都快哭了。」

彼列卻挺起胸膛，彷彿覺得我們沒搞懂她的用意。

「六號，你好傻啊，沒聽過『恩威並施』這個成語嗎？我剛才是在下馬威，用類似威脅的方式讓你們接下委託。邪惡組織就是得擺平問題嘛。」

「莉蒂雅公主之前已經被虎男先生搞得筋疲力盡了，我覺得好好安撫她就好了吧。還有，妳打她的真正理由是因為她喊妳英雄吧？」

邪惡組織一旦被人看扁就完蛋了。擺平問題確實很重要，不過希望她至少看一下狀況再行事。

「姊、姊姊，妳沒事吧！妳怎麼會僱用這種人呢……」

被打一巴掌的莉蒂雅眼眶含淚，但被敵對的王子擔心似乎讓她覺得好笑，於是她輕輕笑了起來。

「喂，你看看她。威嚇確實有效吧？」

「不對，這個人就是個被虐狂。」

「我才沒有那種性癖！我只是覺得剛剛的情況很好笑，才不小心笑出來！」

莉蒂雅清了清喉嚨，再次端正坐姿。

「我確實還沒有向如月的各位致歉。就算被逼得走投無路，我也不該用那種方式請你們做事，真對不起。但也是多虧如此，我弟才會變得這麼坦率……真的很感謝你們。」

「姊姊！……真是的，妳為什麼忽然讓出原本死抓著不放的王位，還有這些人的事，之後可要好好跟我解釋。」

神情複雜的王子這麼說，並和莉蒂雅互看一眼，露出苦笑。

「喝啊！」

「哇噗！」

「馬帝亞！」

完全不察言觀色的彼列，這次打了王子一巴掌。

「任性也該有個限度啊，彼列大人。妳這次又在氣什麼啦。」

「因為他們想讓事情圓滿落幕啊。我不是說我才是女王嗎……真拿你們沒辦法。我把王位還給你們，但你們要歸順如月。我可是要收保護費喔。」

「等、等一下，怎麼能答應這種要求啊！你們到底想怎樣，忽然跑來大鬧一番之後，還逼我們歸順？我們古爾涅德王國可是歷史悠久的泱泱大國，霸道也該有個限度！」

王子說得非常有道理，但跟這個人講道理只是對牛彈琴。

「什麼歷史悠久的大國啊。靠著犧牲他人才成立的國家，乾脆早點滅亡算了。不然我來動手好了，畢竟我是邪惡組織的人嘛。」

「什麼……！」

一臉邪惡的彼列揚起嘴角這麼說，王子也不禁啞口無言。

聽到如此聳動的發言，莉蒂雅輕笑出聲。

「歸順啊。王位都被她搶走了，這也沒辦法。而且，若彼列大人真要動手，我們真的會被她消滅。」

「但歸順我們也不盡然都是壞事。只要這個國家遇到危機，妳可以隨時告訴我。哪怕要從遙遠行星的彼方趕來，我也一定會來救妳。」

彼列忽然說出這種帥氣台詞，讓莉蒂雅滿臉通紅。

真的要時刻提防這人的放電功力。

「對了，威嚇完以後還得安撫一下。」

說完，彼列便將一個小東西放在有些顧慮的莉蒂雅手裡。

「這個道具叫ＩＣ錄音機。等我們回去之後，妳再按這個回放鍵，而且一定要姊弟妹三人齊聚的時候再按喔。」

聽著彼列和莉蒂雅的對話，王子有些不解地歪著頭。

「和樂融融地聽完這段錄音後，再問問你們妹妹為什麼要對來搶奪國寶的虎男說『把我帶走』這種話吧。」

看到彼列說話時露出邪惡的壞笑，我才想到ＩＣ錄音機錄下了什麼內容——

8

「——總而言之，我們帥氣地打倒原始龍後，替獨自苦惱的公主殿下解決了煩惱，還把古爾涅德變成了從屬國。」

從古爾涅德王國回來後，又過了一星期。

緩解這趟旅程的疲勞後，為了逃離每天亂下命令的上司，我跑到杜瑟的辦公室耍廢。

在資料上振筆疾書的杜瑟停下手邊動作微笑著說：

「表現得太精彩了。六號先生，你們消滅米德加爾斯的事蹟已經傳遍大街小巷了呢。」

同樣在處理文書工作的愛麗絲聽了，也得意地笑了。

「拜此所賜，已經提出歸順申請的國家和自治都市應該也不會背叛了。米德加爾斯似乎是相當有名的怪物，前來祝賀勝利的使者也是絡繹不絕，連之前還在觀望情勢的都市和聚落都前來尋求我們庇護呢。」

彼列的大膽進攻讓我們的勢力範圍瞬間擴大，我們也變得遠近馳名。

以結果來看算是圓滿落幕，難道彼列的種種行徑都是經過算計的嗎？

「那個……六號先生，你有看到海涅嗎？我一直沒看見她……」

「妳說海涅喔，我把她跟雪諾一起丟在古爾涅德了。她們現在應該正同心協力地趕回來吧。」

「為、為什麼要把她們留在古爾涅德呀！呃、那個，能平安回來就好，可是……」

在那之後，她們還是一直在冷戰，所以我決定讓她們自己回來。

一起撐過戰場的考驗，就能萌生出友情。

畢竟可以少一件麻煩事，因此我還是希望她們重修舊好。

——就在此時。

「喂，六號，馬上過來！愛麗絲也可以，快來幫我！」

我在這裡待得好好的，卻聽見彼列在訓練場大吼的聲音。

我跟愛麗絲互看一眼，一同前往訓練場後，就看到格琳抱著彼列的腰不放，彼列則猛推她的臉想把她扯開。

「這傢伙是你的部下吧！煩死人了，快想想辦法！」

原本因為硝化甘油的副作用奄奄一息的彼列，經過這幾天的休養，在與米德加爾斯一戰中骨折的手臂已經完全復原，也和當地的部下處得十分融洽——

「大家都太過分了～～！為什麼？為什麼我的存在感這麼低？我醒來一切都結束了，這不是第一次了耶！你們應該帶我一起去啊～～～～～～～～～～～～！」

「去找六號抱怨啦！有什麼辦法，因為妳一直沒活過來啊！」

因為被彼列強迫穿上襪子，格琳一直死到剛剛，所以氣得抓狂。

「就是這個態度！妳把我殺了，為什麼還對我這麼冷淡！既然彼列大人是最高幹部，嚴格來說就像我的婆婆吧！」

「才不是。」

雖然被彼列狠狠否定，格琳卻發揮不死族的固執特性抓著她不放。

「而且妳都已經死了，為什麼還能復活啊？妳以後乾脆自稱怪人殭屍女好了。」

「我、我才不要這麼不可愛的稱號！我想想……既然要幫我取綽號，應該取個更有聖女氣息的閃亮名稱……」

閉上眼睛的格琳彷彿沉浸在美夢當中，還說著莫名其妙的話。彼列把她拉開後，又動動手指把我們叫過去。

「六號，去申請鋼絲。這女人太難搞了，我要把她綁住扔在地上。」

「住、住手！我很怕這種物理壓制！知道了，我不會再任性了！所以……」

彼列用我申請的鋼絲將還想說話的格琳綁住，再讓她咬著猿轡後，就對我們招手示意跟著她走。

我們扔下格琳跟在彼列身後，最後來到了傳送室。

雖然覺得不太可能，這個人該不會一治好傷就要回地球吧？

「妳已經要回去了嗎？連怪人虎男先生都還沒出院，彼列大人再多休養一會也不會怎樣吧。可以像之前來的莉莉絲大人那樣，悠哉悠哉地留下來多玩一陣子啊。跟我們一起開開心心地住在這裡嘛。」

「我跟她不一樣，既然身體已經痊癒，我怎麼可能還留下來玩。而且地球那邊已經要叫我回去了，說是單體也很難對付的蚱蜢型英雄準備組織戰隊。那個連我都很難處理。」

確實相當棘手。

若要說有多棘手，大概是連米德加爾斯看起來都變可愛那種棘手。

可是……

「彼列大人，妳太冷漠了吧。明明這麼久沒見，妳卻急匆匆的，甚至沒辦法坐下來好好聊天。要不要乾脆留在這裡啊？我還想跟妳多玩一會。」

我忍不住說出心裡話，彼列的神情也變得複雜。

「……你居然會說這種話啊，真是毫無自覺的渣男。反正你也對莉莉絲說過這種話吧。那傢伙回到地球的時候，心情可是好得不得了呢。」

「彼列大人才是處處亂放電吧。我根本沒對莉莉絲大人說過這種話，她要回去的時候，我也沒有特別挽留。」

而且我覺得莉莉絲留下來也沒什麼屁用。

反而只會耍任性，整天扯我後腿。

我的想法可能寫在臉上了，只見彼列微微一笑。

「這樣啊。也是，你跟莉莉絲的關係比較像兄妹。但剛剛那種台詞別用在我身上，去對阿斯塔蒂說吧。」

「要是對阿斯塔蒂大人說那種話，她只會罵我別廢話快去工作。畢竟這陣子跟她視訊的時候，她看起來都很不高興的樣子。」

彼列再次露出複雜的表情。

「……阿斯塔蒂是很笨拙，但你也好不到哪裡去。」

說完，彼列輕輕揪著胸口嘆了口氣。

接著，彼列忽然一臉嚴肅，端正姿勢大喊一聲：

「聽令！」

聽到彼列這聲號令，我跟愛麗絲都挺直背脊立正站好。

「這次的事件讓如月的領土大幅擴張，但還是遠遠不夠。我代阿斯塔蒂傳話：能留在地球上的時間不多了，盡快展開侵略。」

「留在地球上的時間」是什麼意思啊？為什麼要說這種讓人擔心的話？

但要是知道太多，感覺就逃不了了，所以我不想多問。

可能是從我臉上看出了這個想法，彼列輕笑出聲。

「別擔心地球的事，你只要在不喪命的前提下好好努力就行了。你們兩個要連同壯烈犧牲的虎男的份好好活下去。」

「虎男先生只是在醫務室靜養而已。妳為什麼這麼想殺他？」

雖然歷經了三次巨大化，虎男依舊保住了性命，在蘿絲和羅素的照顧下一直昏睡不醒。

愛麗絲說他差不多快醒了，但我們沒讓他跟娜蒂雅好好道別就把他帶回來，想必他醒來後又要找我們麻煩。

彼列將手放在我跟愛麗絲頭上，粗魯地亂揉一通。

「再見啦。雖然時間不長，這段時間我過得還算開心。對付蚱蜢型英雄也需要一些準備，我要走了。」

「明明隨心所欲到處亂搞，『還算開心』是什麼意思啊？對了，彼列大人，妳把步調再放慢一點啦。為什麼老是這麼著急呢？別讓我擔心啦。」

被我這麼一問，彼列本想說點什麼，卻有些苦惱地露出苦笑——

「……走得太乾脆了吧。我還想像以前那樣再多跟她玩一會或是打情罵俏耶，彼列大人真是冷淡。」

結果彼列一句話也沒說，就直接走進傳送裝置，由愛麗絲親手送回地球。

「……在你看來是這樣嗎？也對，彼列大人再繼續待下去，可能真的會出事。」

「對啊，她剛才不是說蚱蜢型英雄要組織戰隊嗎？真的是出大事了。」

愛麗絲露出欲言又止的表情，看著對地球的夥伴憂心不已的我。

「我說的出事不是這個意思，不過算了……對了，六號，你有發現嗎？」

「……？發現什麼？」

愛麗絲望著空空如也的傳送裝置說：

「不論是最後大幅擴張領土，還是讓古爾涅德王族姊弟化解心結……由此可見，彼列大人已經找回部分記憶了吧。」

中場休息⑤——於是我要前往異行星——

「怎、怎麼了，彼列？妳忽然哭成這樣嚇到我了！是不是想起什麼重要的回憶了？」

被淚水模糊的視野映出莉莉絲慌忙的模樣。

我緩緩起身確認周遭，發現這裡是莉莉絲的研究室。

「不是，與其說是想起來……」

我作了好長的一場夢。

阿斯塔蒂成立祕密結社如月後，莉莉絲和他也加入了。

起初雖然諸事不順，結社還是慢慢壯大起來。

儘管敵對勢力也跟著增加，但夥伴增加的速度更快。

我還以為會一直順利地走下去。

阿斯塔蒂跟他一開始動不動就吵架，看到他們感情越來越融洽，我覺得開心，卻也有一絲難受。

阿斯塔蒂是我最重要的朋友，她願意與他和平共處，讓我很開心。

而他也是我最重要的朋友，看到阿斯塔蒂和他越走越近，讓我很難受。

我明知道胸口鬱悶的理由，但我不想破壞現在這份關係，所以我欺瞞自己的心，也討厭軟弱的自己。

儘管如此，跟大家在一起還是很快樂，我也期望這種日子能持續到永遠——

如果在跟英雄那一戰中，他沒有身受重傷，我們一定能繼續過著這種生活吧。

看到他接受改造手術後熟睡的樣子，我也決定要接受手術。

「欸，彼列，很難受的話就到此為止吧。我不會再逼妳回想了。」

我想得到能守護大家的力量，想成為跟軟弱的自己截然不同，人人都能依靠的強者——

莉莉絲告訴我，只要動用越多腦容量，就能得到越強的力量。

於是我將莉莉絲號稱有掌控在限度內的腦容量設定旋鈕——

「啊。」

「……？怎麼忽然發出怪聲？欸，妳的記憶真的沒問題嗎？」

……………………現在的我算是變強了嗎？

在戰鬥方面，我雖然得到了如月最強的戰力，但我的心靈應該沒有跟著變強。

我想再見他一面。等到真的體會到自己變強之後，我就——

「欸，剛才的『啊』是什麼意思啊？喂，彼列，看我這邊！」

尾聲

彼列對站在傳送裝置前的阿斯塔蒂和莉莉絲露出微笑。

「我回來啦。」

「說什麼風涼話，我們這裡可是亂成一團了。彼列外出的風聲不曉得是從哪裡流出去的，一大堆英雄跑來攻擊。」

看到彼列還悠悠哉哉地打招呼，莉莉絲不滿地嘟起嘴。

「本來想打給妳，但不知為何傳送機沒反應。打到基地小鎮，他們只說妳迷路了。最後居然說妳受了傷，要在那邊多留一陣子，妳到底是去跟誰火拚了啊？」

「我跟六號一起獵殺了叫原始龍的特大龍族，還帶了一點樣本回來當禮物，想怎麼用就怎麼用吧。」

聽了彼列這句話，莉莉絲不知為何僵住了。

「是、是喔？妳跟他像魔物獵仔那樣去狩獵了啊？而且還獵龍族。」

「對啊，我還狠狠教訓了好幾種魔獸呢。我剿滅了蠻族，又收服了好幾個周邊國家。詳

細情形妳們就看報告書吧。」

狠狠教訓了好幾種魔獸……莉莉絲一臉羨慕地嘀咕著。一旁的阿斯塔蒂露出溫柔的笑容說：

「真的辛苦妳了。妳跟莉莉絲不一樣，迷路了還能有這些成果，果然是彼列的作風。」

「啊！等、等一下，說得好像我很無能一樣！」

莉莉絲似乎覺得很不爽。

「六號有跟我說，妳在那邊好像都在玩耶。他說莉莉絲要回去的時候也沒特別挽留。」

「那個王八蛋！喂，彼列，給我讓開！我現在就要去那邊一趟！」

說著說著，莉莉絲就想走進傳送裝置，卻被阿斯塔蒂抓住後衣領。

「蚱蜢型英雄已經集結起來了，在這種狀況下，我可不會讓妳過去。」

「我馬上就會回來，讓我去！我得給他一點教訓！」

莉莉絲靈活地脫下被阿斯塔蒂抓住的白袍，準備衝進傳送裝置，這次又被彼列逮住。

「要是放妳過去，妳絕對不會回來吧。妳是不是想在那邊玩個爽，等到我們擊退英雄為止？」

「怎麼可能，這樣不就搞得像是我很怕英雄嗎？彼列又沒有在玩遊戲，卻可以狩獵龍族，讓我很不甘心。我也要去狩獵。」

「狩獵龍族之前，麻煩妳先去狩獵英雄吧。說真的，我其實也很想去現場一趟，但也忍下來了……」

說完，阿斯塔蒂嘆了一口氣。莉莉絲露出不懷好意的笑容對她說：

「難怪妳最近心情不太好。這麼想見六號，就去那邊玩幾天啊。」

「部下都在辛苦奮戰，我怎麼能去見六號呢…………等等，我聽不懂妳在說什麼，快點進行作戰準備。」

看到阿斯塔蒂轉過頭催促莉莉絲，彼列像是回想起什麼似的開口道：

「對了，六號有發現阿斯塔蒂最近心情很差耶。雖然隔著螢幕，但妳視訊的時候偶爾態度好一點嘛，否則他會被當地人搶走喔。」

「咦？他真的這麼說嗎？這、這樣啊。也對，替戰鬥員鼓舞士氣也是幹部的職責，這點小事……」

六號隔著螢幕也有仔細觀察她的反應，讓她覺得很高興吧。阿斯塔蒂不禁嘴角上揚。

彼列神情複雜地看著她，又像想起什麼似的喃喃道：

「……對啊，麻煩妳了。不然六號又要用『要不要乾脆留在這裡啊？我還想跟妳多玩一會』或是『跟我們一起開開心心地住在這裡嘛』這種理由說服我了。」

「「！」」

突如其來的震撼彈，讓阿斯塔蒂和莉莉絲都停下動作。

「這麼說來，妳剛才說我要回來的時候，他都沒有挽留我是吧？」

聽到莉莉絲的輕聲呢喃，阿斯塔蒂渾身一震。就在此時——

『英雄警報！英雄警報！蚱蜢型英雄已經集結完畢，開始發動襲擊了！各位怪人及幹部，請盡速做好迎戰準備！』

如月總部內警報大作，通知英雄發動敵襲。

聽到警報後，彼列將扛在背上的伴手禮直接扔下，彷彿要放鬆肢體般轉了轉肩膀。

莉莉絲看著彼列的背影說：

「欸，彼列，我最近在想，妳是不是變得不太一樣了？該說是少了幾分蠢樣嗎？但要我說具體是哪裡不一樣，我也解釋不清楚。妳在那邊碰到了什麼事嗎？剛剛回來的時候，妳看起來神清氣爽耶。」

聽了莉莉絲在背後說的這些話，做完伸展的彼列回過頭來。

「我在那邊受了重傷，說不定因為這個衝擊找回了記憶呢。」

彼列露出戲謔的笑容。為了迎接英雄的襲擊，她向前衝去。

「剩下的之後再說吧，我們也該出發嘍，莉莉絲！」

「什麼！妳不好奇嗎？她說可能找回了記憶耶！她在當地到底遇到什麼事了啊！是不是

跟六號有關！」

阿斯塔蒂追在彼列身後，並回答莉莉絲的問題。

「怎麼可能不好奇呀！但還是先把英雄解決掉，之後再來好好審問她！」

「等等，妳這樣很恐怖耶，阿斯塔蒂！難怪六號會說妳心情很差！」

聽到兩人在後頭爭論不休……

彼列帶著滿面笑容，衝向英雄的陣營——！

後記

非常感謝各位本次購買《戰鬥員派遣中！》第七集，我是作者暁なつめ。

真是久違的新刊。

至於有多久違呢？距離前一集上市已經過了一年半。

絕對不是因為作者玩到醉生夢死。我忙著寫戰鬥員的動畫光碟特典，參與監修過程，還做了很多書籍以外的工作。

沒錯，光碟。

在這一集上市前，戰鬥員的動畫也播出了！

我算是經常參與動畫製作的作者，但每次都覺得很不習慣。

受疫情影響，配音工作變得困難重重，但各位工作人員還是製作出這麼精美的動畫，感興趣的讀者請務必欣賞。

談談這一集吧，如封面插畫所示，這次是彼列的主場。

這位幹部原本是名門世家的千金小姐，經過改造手術後，性格變得完全不同。

雖然還沒有完全找回記憶與人格，敬請期待她日後的發展。

彼列身上的神祕設定還很多，她的工作狂特性也是有原因的，或許往後有機會闡明。

至於莉莉絲就沒什麼特別的設定，以後也會是這種感覺。

應該就是每天吃洋芋片、看漫畫打電動，空檔時做點工作吧。

這集出現了原始龍這種物種，有點類似遊戲裡的隱藏頭目，打倒最終頭目後再玩幾次才會出現的那種。

這種怪物先被打倒後，世界會出現什麼變化呢？烝請各位期待續集，給我支持與鼓勵。

——所以，這集我也一再拖稿，給很多人添了不少麻煩。

總覺得每次都在道歉。以カカオ・ランタン老師為首，多虧有責編、設計、校對、業務部門，以及各位相關人士的幫助，這一集才得以出版。

我要向參與出版工作的各位說聲抱歉以及感謝。

也要再度向購買這本書的所有讀者致上最深的謝意！

暁　なつめ

國家圖書館出版品預行編目資料

戰鬥員派遣中! / 曉なつめ作 ; 林孟潔譯. -- 初版.
-- 臺北市 : 臺灣角川股份有限公司, 2023.02-
冊 ; 公分. -- (Kadokawa fantastic novels)
譯自 : 戦闘員、派遣します！
ISBN 978-626-352-264-0(第7冊 : 平裝)

861.57 111020701

Kadokawa
Fantastic
Novels

戰鬥員派遣中！ 7

（原著名：戦闘員、派遣します！ 7）

2023年2月9日　初版第1刷發行

作者：暁なつめ
插畫：カカオ・ランタン
譯者：林孟潔

發行人：岩崎剛人
總編輯：蔡佩芬
編輯：孫千棻
美術設計：李思穎
印務：李明修（主任）、張加恩（主任）、張凱棋

發行所：台灣角川股份有限公司
地址：104台北市中山區松江路223號3樓
電話：（02）2515-3000
傳真：（02）2515-0033
網址：www.kadokawa.com.tw
劃撥帳戶：台灣角川股份有限公司
劃撥帳號：19487412
法律顧問：有澤法律事務所
製版：尚騰印刷事業有限公司
ISBN：978-626-352-264-0